割芦苇的人

昨非 —— 著

广西师范大学出版社
·桂林·

割芦苇的人
GE LUWEI DE REN

图书在版编目（CIP）数据

割芦苇的人 / 昨非著. --桂林：广西师范大学出版社，2023.10
　ISBN 978-7-5598-6204-4

Ⅰ.①割… Ⅱ.①昨… Ⅲ.①散文集－中国－当代 Ⅳ.①I267

中国国家版本馆CIP数据核字（2023）第130964号

广西师范大学出版社出版发行
　广西桂林市五里店路9号　邮政编码：541004
　　网址：http://www.bbtpress.com
出版人：黄轩庄
全国新华书店经销
广西民族印刷包装集团有限公司印刷
　南宁市高新区高新三路1号　邮政编码：530007
开本：880 mm × 1 230 mm　1/32
印张：8.375　　字数：150千
2023年10月第1版　2023年10月第1次印刷
印数：0 001~5 000 册　定价：48.00元

如发现印装质量问题，影响阅读，请与出版社发行部门联系调换。

代序 | 爱欲与禁欲中的那喀索斯

大概有一些时日了，古罗马哲学家塞涅卡的一句话深得我心："何必为部分生活而哭泣，君不见整个人生都在催人泪下吗？"通常，我对人世的生活亦常常怀有一份悲观，任何一种外部的期待稍有紧张，无论对人对己，都不免视其为奢靡。

"都说人年少时，求滋味饱暖；青年时，求美色裘马；中年时，求友达知己，老年时，求病去患除。若求不得，便转而求好死。"昨非说，"有求必苦"。我则愿意再跟一句——"有执则悲"。人间世相大体如是，印度人以世界为无涯岸的苦海，说道，尘世的欢愉如同朝露，而痛苦则如剧毒的汁水，只需啜饮一滴，就足以终结所有的欢乐。

我如是持有，其目的说来也不易启齿。当然，若是人们愿意接受生活的悖谬，且不嫌虚妄，此处不妨假借一句鲁迅先生的话语："于一切眼中看见无所有，于无所希望中得救。"于是，这种与墓碣对立的酷寒人生，反能够意气风发、义无返顾地前行。我们就这样行在了漫漫无际的人世之途,出发、回归;再出发、再回归,与众人在各个时代一再晤面,携带着各自一言难尽的命运与肉身,却可以品尝现实人生的一番深沉隽永的滋味,品尝自身意义的不断涌现与生成,借以聚幻成真。

但昨非不是。昨非的悲观有时令人疑惑她似属一种骨子里的天性。在明眸皓齿的青葱岁月,那些几十年以前的旧文,昨非一篇篇将它们写出,居然已经是沾满人世泪水的文字面容:写乱坟堆,写族中逝亡的人物,写乡村戏子的凄凉身世,写三棵死去的草木。直至成年后,昨非远走京城,业已隔着时间河岸三十年,她也常常向那边的朋友不厌其烦地描述杭州的山林湖水时,一抹春风的骀荡、远山的黛色、柳丝的细软、桃红的羞涩,与湖水的倾情身影。而关于西湖,她脑海里面居然会是一本旧书中的一张老照片:秋瑾的棺材,正由两个人扛着,经过断桥。秋瑾被斩,先后十葬。对于西泠桥畔的这一幕,昨非发问:"我不知道那张照片中显示的是第几葬。"

至于身居异地的她,每年春天,"在牡丹盛开的景山公园,举目北望崇祯皇帝自缢的山顶,便感到寒气四起。"昨非自身来自东南一隅的鱼米之乡,离乡几十载,所谓故乡,已经是比异地还要陌生的地方,"曾经的温柔贫寒之地;曾经流水细软,鸟尾修长,虫鱼不可方物",故乡"乃为终不得回之一方水土"。故乡频频失守,异乡虽冠盖云集,毕竟苦寒生分,固不免斯人的岁月憔悴,昨非说,"我的宿命,总是在南方向往北方,在北方又想念南方。时空的裂痕,于我是永难治愈的伤,如同每每在北方,看到别人写南方,就感到自己要突然病倒一样。"原本物理意义的南来北往,因人事情分的低沉与悲哀,再增加了人间泪水的重量。

当然,昨非是一位天秉和颖悟皆属罕见的朋友,其行文与凝思,再低沉的文字,皆如朴茂之草木,含有启悟心灵的境界。

若论其悲观,我不知道最初起自哪里,撇开宿命的理由不计,无论前世还是来生,我大概还是可以辨识出一些模糊的文化身影,譬如中国的有曹雪芹和张爱玲的影子,西方的有《圣经》与美国南方小说的影子,而更隐秘的、暗藏的,则是古往今来一切第一流的诗人群体的滋养,包括了李商隐、柯尔律治、济慈、爱伦·坡与毕肖普等,然由于她天分奇高,这些文化酿就的悲观之眼所照临的尘世,俱被昨非化作了一篇一篇诗一样的文章,如同化毒结丹,呈现出了一个有光亮的世界,借以对抗荒诞、对抗寂寞,并且对抗宿命,盖文章之美学不仅可以自娱,亦可自赎,是为古今一致的那条经典救赎之路。昨非于文字世界中失踪几十年后,"当时的我突生一个欲望:重新回到人界,重新开始书写。"

于是,她在《樱花盛开的公园》中写孤独;《锦衣夜行》中写故乡难归、埋身异地的万丈愁绪;《在路上的身体与灵魂》中,写尽人在时间中携带肉身的那一份沉重,而抛弃灵魂却又几乎是义无反顾的人生世相。人世上,"永远都是肉体抛弃灵魂。江山代代,总是年轻鲜活的肉体,抛弃老羸陈旧的肉体,也抛弃腐朽变质的灵魂"。

由此可见,昨非隐喻出了我们凡人在凡间的累世宿命,一茬又一茬,如稻谷重生。手挥五弦易,目送归鸿难,人人皆受困于爱欲与禁欲的人性两难。

她在《苏州》一文中说,"手上的时间玫瑰比任何时候都更沉重。我明明知道它不可挽留,却止不住要去触犯这个戒律。'非常罪,非常美'的时间,让人不知如何是好",借此一番沉吟,便有了俄罗斯诗人曼德尔施塔姆的那一诗句:"说出你的名字比举起石头更难!这世上只有桩黄金的心事:让我摆脱你的重负,时间……"

其中,《旧约》中的那一则失乐园故事,也就是人类始祖与上帝的一番罪与罚的神话演绎,几乎就是昨非文字世界的大背景。她在《怎样看护野天鹅》中,写出了那样一种窘迫、一种荒诞的境遇,于是,亚当和夏娃的目光,就与上帝之眼交织在了一起。昨非说道:"一个人怎么能看护得住野天鹅呢!"

与野天鹅这样一些天地之尤物相比,"我们是在第六天被创造出来的,而它们呢?也许早就被制作好了,只不过一直放在造物主的口袋里。它们最最贴近他的气息,熟悉他的每一个决定与手势,偶然的失误,以及追悔莫及的叹息。"所以,看护野天鹅,如同看护上帝,看护时间,看护幽灵和魔鬼,看护一个宇宙之君;或者,如同看护灵魂不要出窍。用寡情绝义,看护你的身体干干净净,看护一个人不要老去,直至——"看护死与生"!

但即便如此,当野天鹅垂直坠落到此处的湖泊之中,它那一对"翅膀",就成了羞耻的证物,"或者,它们的前世,就是亚当和夏娃"。

人世的复杂,大都与爱欲所系的执念有关,两心相系两端,再造一座崭新的幻城，通常被唤作爱情。昨非本人深习英文，她曾英译过李商隐《夜雨寄北》这样的旧式唐诗。她评说道：

"李义山千年绝唱，情何以堪！每每读之，但觉巴山夜雨，淅淅沥沥，出入耳际；秋池水涨，虫遁鱼走，庭园即毁。于我读来，西窗剪烛，不外乎痴人说梦。二句夜雨，末句夜雨，循环往复，无始无终。两地离愁，一如夜雨绵长；一问一答，看似寒淡疏离，实则暗流汹涌，天翻地覆。"

有些时候，人类命途的大寓言，或可理解为一个自我认识自我的旅程，而"不可使他认识自己"，正是自陷一座奇幻之城的那喀索斯（Narcissus）命运的神示与魔咒。那喀索斯难拒其中的诱惑，深处生世之谜端，于是，他不惜冒险，竟以尘世的湖水为镜，断然违背了"慎独"与"禁欲"的宗旨，不禁对着水中的影像自我亲亵起来。

就此一意象，昨非说道，"究其原因，观照自我，与观照万物相比，有着难以取舍的便利之处。诗人们在轻软之乡，伸手就可触摸自己的肚脐眼，较之自我放逐踏破芒鞋、陷入市井茹毛饮血，前者自然来得轻松。"

依照古希腊的埃琉西斯密教哲学所示，人们降生在物质的世界，就是最大意义上的死亡，而与此相反，真正的降生，则是人类的灵魂自肉身中出窍而上扬的那一时刻。美国诗人朗费罗在《生命的礼赞》中透露出了一丝埃琉西斯密教的消息，他说道："沉睡中的灵魂已经死去，万物并非它们显示的模样。"这一句话几乎已经点破了所有东西方密教的根本。就像那喀索斯注视水中的自己,想要拥抱自己水中的倒影,最后却丢失了性命一样,因为他所看到的只是柏拉图所说的影子的影子。印度诗人泰戈尔在《飞鸟集》中也说:"你看不到自己,你能看到的只是自己的影子。"

后来,那喀索斯的自恋还衍生出无数的后世变体,一直沿岸流波到了近现代的作家,譬如博尔赫斯的镜子,卡夫卡的城堡,当然,这也是葡萄牙诗人佩索阿的痛苦所在:生活在一座一座的幻城里面。

古人曾用水这样一种物质来象征稍纵即逝、虚幻非真的宇宙存在。照着悲观主义的哲学来进一步演绎:人类注视大自然、注视世界这样一面巨大的湖泊为自己成像的镜子,原是为了看清自己的面容。而镜子中实际反映出来的那一尊日趋没落、死气沉沉的身影,其实只是灵魂的一重幻梦。可是,因人们的爱欲,最终失去了利用存在于物质界的短促肉身、臻获寻找永生而无形的灵魂之良机。

或者,就如昨非书中所说的那种人生悖论:犹如一位通灵大师,他在纽约和喜马拉雅同时现身,一个在摩天大楼上往下跳伞,而另一个正在爬上雪山之巅。换言之,一个在爱欲的深渊里面涉险,一个在禁欲的高峰展开努力,在竭神攀登、行在了孤影渺渺的朝圣之路上。

"正如人所言,哪有人掷了明媚不看一眼的?所以哪怕'白头搔更短',也要'扶杖过桥东'。"只要我们在生活中彼此晤面过,我们就无一不是恋世者,有着恋世并且在漫漫世途中不断痴迷的老大证据,故此,——"这众多的朝圣者,即便拖着衰败的容颜,也要尽享一路上的片刻欢愉。"

确实,我们每一个活人都有一言难尽的塞困命运,人类蔑视神谕另拜金牛的教训,后世的人们并不会轻易汲取沉痛的经验,于是焉,非但幻化出人世人生的悲剧,也诞生出了无数的文学与哲学的作品。昨非在书中说:

"以我们速朽的肉身来抵抗无限的宇宙,是柏拉图在《会饮篇》的最后议及的,也是我们与万物存在的理由。苏珊·桑塔格在论及里尔克与茨维塔耶娃以及帕斯捷尔纳克三人关系时说,他们在互相要求一种'不可能的光辉'。可这不可能的光辉,正是我们的精神世界,是我们走到那无限延长的阿基米德的杠杆前端,或者堂吉诃德的长矛之尖,与社会历史以及自然界连结的通灵之物。"

行笔至此,临末,我还联想起了一个流传于印度西北的故事,援引在此:

有个叫苏瓦罗的国王,他坐在他的王宫里,周围环绕着大臣和侍从。他被魔法师蒙骗,骑上一匹光彩照人的马,漂游于整个大地。最后,他的马将他抛入了一块沙漠。他为饥饿与干渴所征服,他碰到了一个贱民女子,答应如果给他食物和水,便愿意与她结婚。于是,他们就这样做了。后来,他与她生了许多孩子,但那时候,他们遇到了灾害,开始了挨饿。当他想到"让他们吃我的烤熟的肉身"时,他便走进了烈焰腾起的火中。这时,他睁开了眼睛,他不胜惊愕,他仍在他的宫中,睡着大大的国王的卧榻。于是,他在很短的时间内,对王公大臣侍卫们讲出了这整个冒险的历程。

这是印度的故事,与那喀索斯的寓言一样,作为最初的母本,它还有许许多多这个类型的其他子系,它们都一起在讲述着,人类进入一座座幻城的无有穷尽的故事。

如此思来,生世之谜,就宛如现实版的盗梦空间了,它们起于人们一个个念头,纵身一跃,就是漫无尽头的人世生活。而勘破宇宙的那一场大梦,又何其难哉,恰似庄生两千多年前的一语成谶,"梦饮酒者,旦而哭泣;梦哭泣者,旦而田猎。方其梦也,不知其梦也。梦之中又占其梦焉"。

是耶非耶,真耶幻耶。既供人哭泣,亦供人歌唱。

闻中

目录

第一辑

旧文 003
乡居 004
真正的乡下人 005
献给端午的锦灰 006
割芦苇的人 008
梨花 010
修篱 016
小食 024
暴雨 065

第二辑

温州 083
杭州 088
上海 091
苏州 094
北京 100

第三辑

怎样看护野天鹅 107
锦衣夜行 110
在路上的身体与灵魂 112
樱花盛开的公园 115

春天,聚首的妄想　119
怎样让一个花园美不胜收　127
旅馆　133
在戏院　136
云朵　140
白荷　141
湖泊　142
池塘　143
郊区　144
园子　145
南方与北方　148
故都　151
西山两题　154
在废墟　159

第四辑

流浪者　173
扫烟囱的孩子　177
失去的艺术　182
虚构的鲁滨逊　189
文艺的惊恐范式　198
也论保守主义　209
在南部虚掷的时光　218
现代文学的洋华镜像　228
关于东南,关于檀林　239
蓝紫是一种招魂色　243
禁欲的颜色　248

后记　251

第一辑

暴雨

连续多日的酷暑暴晒之后，今晨迎来暴雨。雨如瓢泼，天罗密布。几近干涸的河流湖泽，备受干渴的鸟兽虫鱼，尽享甘霖。你要是个避居乡野的人，你必万分关注天气变化。你可能计算池塘里的水，还能浇灌几天的果蔬；井里的泉，还能维持几日生计。到天干地裂，久旱不止，你可能夜不成寐，辗转反侧，寻思下一步的策略，也可能频频起床，观测天象。你与周遭的动植物没有区分，都依赖天地遗赠，所以物荣你喜，物衰你哀。比如你会想到，特意留下几个果实不去摘取，等待饥饿的飞鸟来觅食；特意在门前留下一碗清水，给路过的走兽解渴。你的食粮饮水，可能不得不纳入身边动植物的份额。城里人根本不会想到这些问题。你悲悯生灵的心，起自已深陷自然的渊源。你在乡间居住的时间越长，越不能容忍盛大的聚会，杯觥交错时的寒暄，灯火阑珊时的香汗，酩酊大醉之后的暧昧，以及对官吏名媛的指骂，对政经时闻的暴怒。疗愈之心在乡间，由于机缘巧合，竟做出了意料之外的生死抉择。

小食

京中美食，乃遍地皆是。或骡马市缸瓦市，或高楼客栈酒肆，万千林总，终不及故乡小食，魂牵梦萦，日思夜想之。吾故土踞东南一隅，地处海陆交接处。有晋魏骚客，写永嘉山水；有明清痴狂者，隐山林而居。古时出入不畅，蛮氛瘴气，吴音软语，民风自成；今日海陆通衢，楼宇拔地，孰料毁去田园万顷。呜呼！吾少时得父母腻宠，日食小鲜，乃不知有福。至月上东海，花影扶疏，于竹床上执小扇，仰视天河璀璨，目数流星飞宇，但听得鸟呼虫鸣，有感生时欢愉。今困居京中，厌厌流年，无有尽头。夜来饥馑，忽忆儿时小食，竟自笑何苦！所谓故乡，乃为终不得回之一方水土。当年陆秀夫背幼帝，逃至山之尽头，终投海自尽；其途经吾故土之时，可曾啖得小鲜一盅？若尝之，虽一死，夫复何求？

修篱

　　昨日小暑。今日见有一对木槿，寂寞花开，落英遍地。便想到李渔文中，曾提及修筑长篱之事。如若寻得一处住所，庭外便可修篱。筑篱所用花木，需好生挑选，其中便有木槿。如此养护修剪，假以时日，便成长篱形状。李氏一生，沉溺花鸟、诗词、戏曲，无所不通。曾著书，论曲赋之精深，粉妆之天成，虫鱼之巧妙；并作文，专述妇人之颜色，从青丝到珠钿，从肌肤到音容，极尽笔墨。

　　极致之人，不独李渔。会稽城有青藤书屋。屋主为徐渭。徐氏一生，亦是几近癫狂。无怪乎一架青藤之下，是"几间东倒西歪屋，一个南腔北调人"。另有奇人张岱。今日再读《陶庵梦忆》，乃觉篇篇令人扼腕。此君因国破家亡，披发入山，每欲引决，无奈"尚视息人世"。自序中便言"因思昔人生长王、谢，颇事豪华，今日罹此果报"，因此"仇簪履也""仇轻暖也""仇甘旨也""仇温柔也""仇爽垲也""仇香艳也""仇舆从也"。又言"鸡鸣枕上，夜气方回，因想余生平，繁华靡丽，过眼皆空，五十年来，总成一梦"。

梨花

"梨花一枝春带雨",所指的肯定是乡野的梨花,它随意生长,并无疏密的讲究或齐整的要求,但是也归于自在的内律。它是我经历的梨园要义,是民间的社区生活。在电气生活之前的农耕时代,没有唱片,没有声光影色,用手工打造的说唱故事、戏曲文辞,有着惊人的美妙之处。记得春节过后到春耕之前,农人们赋闲,正是戏剧生活开始之时,形式不一。其一是鼓词。要从很远的地方请来唱鼓词的人,称"先生"。先生远道而来,要好生招待,接下来要开唱好几天。这一晚大家聚集到一处宽敞的堂屋,梁上挂了汽灯,堂上布置了大木桌和高背椅,一块布幔上平放着先生挚爱的鼓琴和拍板。堂中一行一行摆满了长木凳,一旁的小桌子上放着茶水瓜果。方圆几十里的人都来了,熙熙攘攘。忽然先生来到,落座后,他只拨了下琴弦,大堂立刻鸦雀无声。先生张口唱来,伴随着琴声铮铮,用绝妙的词句,道出上古流传的故事,外加自己走南闯北的经历。说到市井智趣,人群中有人扑哧笑了;说到离别生死,先生竟然哽咽失声,座中也有人连连拭泪。到子夜时分,妇女和儿童散去,剩下男人们,点上香烟在那儿静听,先生此时唱的是锦囊谋略,兴邦丧国之道。这一番聚会,直至凌晨一点才散场,众人好不尽兴。

其二,便是搭台看戏。戏班子同样要远道去请。这时要选一个晴朗月夜,把台子扎在露天开阔处。等到暮色合拢,那月亮便是冰岛孤轮,星光下,一群人,分享高靴罗裙,姹紫嫣红,琴瑟锣鼓，吴音软语。在亚洲的东南一隅，在行到水穷处的边远疆域，人们在生活中创造艺术。这民间的社区，喜剧的力度不亚于阿里斯托芬，悲剧的演绎也印证了亚里士多德的理论。在没有宗教的国度，人们的教堂建在无形之中；在没有天堂的领土，今生的一切要在世俗的今生完成。

割芦苇的人

今天,我在比异地还要陌生的故乡,看到了这个割芦苇的人。

我突然被他吸引,并且用大半个下午的时光,追随他的踪影。他有一条小船,上面有一支停船的竹篙。当我看到他的时候,他已经把船停靠在河流的左岸,而他正在弯腰收割岸边的芦苇。

从头到尾,我都没有看到他的镰刀,就像我们从来没有看到死神手里的镰刀一样(我们只在书籍的插图,或某人隐约的口述中,偶然见到那把镰刀)。

我没有想到,当我过桥的时候,竟然发现,这个割芦苇的人,已经把他的船只挪到了河流的右岸。所以与其说,我在下午追随他的身影,还不如说,是他在跟踪我的步履。但是让我感到惊恐的是,我只看到他在一把一把地收割芦苇,却从来没有看清他手中的器物。

现在我回想他的样子,已经记不清他的脸色了。就像我们手绘一张死神的画像,我们画好了一件黑色的斗篷,一个耷拉下来的帽兜,画好了他干瘦的手指,以及锋利的指甲,面对他的脸庞位置,却突然惘然若失。是画上皮肉,还是仅仅是骷髅?还是他的另一个生动的样子,在我们的认知无法到达的地方?而且,说到底,我们到底有谁,见过他的真容?

而两岸的芦苇啊,真是生动。正是春天,暖阳绵延无边,硕大的叶子正在疯长,似乎要把整条河流霸占。我忽然不知道,在两种势力的对峙中,我该站在谁的一边。我刚刚还怜悯青翠的芦苇，又于瞬间，恨不得自己的双手，也生出镰刀，把疯狂的植物赶尽杀绝。

而恰到好处的是，当我抬起双眼，发现这个割芦苇的人，正遥对着新的市政大楼（现在叫作行政服务中心）。这个建筑物，充分显示了这个世纪，此时此刻，在这个星球的这个角落正在进行的一种审美和仪式。

我的目光，沿着流水，看到了大厦，以及落在草丛中的村庄。一架巨大的飞机，越过高楼的上空，噪声之后，便是一只白色的水鸟，掠过桥墩与水面，哀鸣不绝。而在河岸右侧的空地上，像宿命那样，出现了两辆轿车，几个衣着光鲜的年轻男子，携带着自己的猛犬宠物，正在奋力奔跑。

这时割芦苇的人，刚好举着一捆割好的芦苇上岸。他非常吃力地向前，像那个举着石头上山的人，不无悲伤地知道，这些石头又将滚下山来；而他似乎只有用钉子，把自己的四肢钉在一个木架上，才能让人们听到他的发声。

我发现了词语的贫困，当然，还有想象力和信念的匮乏，因为没有语言可以详尽地表达，我在此地看到的——如此宏大又琐碎，疏离又粗暴，完整又残缺的——城市化现场！

这一切，发生在我离开这里之后的第二十五年。比异地还要陌生的故乡，曾经的温柔贫寒之地：曾经流水细软，鸟尾修长，虫鱼不可方物。

献给端午的锦灰

凡端午，究其实，与二事相关。一为除秽。恶邪俱陈，民皆恐。故有佩艾草、挂菖蒲之说，点雄黄、射五毒之举。卑渺之人，唯恐天地诛戮。二为思物。彩线香囊，乃为一人补织，魂牵梦绕，方知相思之苦。又于日薄时分，设粽子百果，乃祭奠昔人自沉两千余载，江水滔滔如缕。今在北国，忽思江南靡雨，梅子芸豆，青葱田园，不胜唏嘘。闻有人仿古人，着汉服。以为中年彷徨，老年蛮痴，皆不宜披汉服。唯独弱冠男女，最宜装扮如此，因其清瘦纤弱，不谙污秽，亦未知相思何物。

这一年端午节前两日，在南方腹地，我们一行命运多舛的人，向着一个叫青灯山舍的地方进发。

我突然不能明了青字的含义。它首先指向绿色？在这满山青绿斜披之时，要是有一条蛇，艳羡女子波浪起伏的身体，以及绫罗珠翠的诱人细节，而转身转世，对于这两种身份，我是绝对不能加以区分的。我因为不能辨别它转变的形态，所以更不能指认它变迁的灵魂——从一心向往永恒的修行，突然堕入到只重朝夕的世俗生活，到衍生出对一个异性男子的眷恋，甚至对同性的嫉恨……

在端午降临之前的四十八小时里，我们在南方腹地的山谷里行进，各事各物，都已接近临渊嬗变的状态，都在奔向这个节期的最后骨节，所以饱满，自由，几乎到了一触即发的境地。按惯例，五毒，即将在端午那天的午时登场，所以在仅剩的这些时间里，我们感到心思浩渺——正如意识到肉身的苦短，无法对抗宇宙的绵长；可又因为可以见证一场盛大的变迁，而心存感激。

五毒之中，除了蛇，还有壁虎，蜈蚣，蝎子，蟾蜍。它们都是渺小丑陋的事物，却一心向往崇高的存在，所以不惜一切代价，进行嬗变。据我所知，只有蛇和壁虎，实现了短暂的飞行——脱离重力，摒弃宿命的束缚，哪怕只有一个瞬间。

蛇是最最悲情的，与其他的四个物种相比，它处于无边苦海的底层，所以对它的想象与传说，也最具有力度。在西方，它本来就是会飞行的天使，因为抗拒权威遭到贬谪，而在内心滋生出愤怒和复仇的念头，所以才有了刻意诱惑人类始祖的说法。在东方，它成了白衣与青衣女子的化身，对转瞬即逝的情色没有抵御，对温和柔软的人间有了念想；转世重生虽然短暂，可也带给它飞行的无上快感……

到午后时分，我们终于抵达青灯山舍。山色明净，一片空灵。我们一行人，有许多都是二十多年未曾谋面，可是对于在时间流水上发生的这样那样的故事，似乎心有灵犀地一概不闻不问。就这一点来说，我们不幸成了耽于终极的人，可是正因为如此，似乎更接近山色，鸟兽，植被，更接近端午节气的气势——虽然万象起伏，可是临渊不惧，对认定的事理，大不过就是纵身一跃，抵达凌冽的清流。

我们一路上都没有谈到蛇，这世间恶毒的托身，兴许是一种刻意。可是快要到达山舍之时，我提到了与蛇亲近的壁虎。

壁虎尽管也渴望拥有蛇那样的宏略与野心，无奈形体短小，只能寻找便捷的嬗变途径。关于壁虎，最绮丽的说法，不外乎是这样：春夏之交，你正在一个园子的篱笆那儿闲坐，云朵低垂，果子在慢慢生长。突然，一只壁虎就飞到了你身上。它忽地蹿上你的颈项，越过你脸侧最隐秘稚嫩的肌肤，进入你的耳朵。

当我说到这个情节的时候，一行人已入了院门，并在庭内落座——石头的墙壁，映衬着肥厚的植物，中庭刚好有一个池子，在阳光下熠熠发光。

他们是否都感觉到了，一个小生物正在穿越他们的耳际，惊险无状，扑朔迷离，我不得而知。但是他们专注的神情，说明对这个叙事的关注，以及因缘联动的丰腴想象带来的瞬间愉悦与灵感。

我说："所有壁虎，要想让它从你的耳朵里出来，你必须屏住呼吸，丝毫不得慌乱。否则，要么它飞速前进，陷入你的耳朵深处，再也没法出来；要么掉头回转，却把尾巴永远遗弃在你的耳膜之内。"

众人正耽溺于壁虎的命运，忽然听到几声嘹亮的蛙鸣，来势凶猛，涤荡胸襟，不禁大惊，纷纷起座，循声找寻。原来在庭中的池水那里，三两株荷花之下，藏匿着即将出世的蟾蜍。

这五毒中的四足动物，与无足的蛇相比，多了可以跳跃的幻想；与壁虎相比，多了淡定，不会动则以断尾舍肉为代价去逃生。只是我们在端午前夕，刻意避开江河平川，躲进草木丛生的山中，就是为了免于听到流水潺潺，免于引发对那个自沉汨罗之人的不尽相思；却料不到，有蟾蜍忽在一方池水里，搅动九天，让我们忽地面对彼时彼地的静水流深，忽地面对斯人从高处跃入水面的断举，真是防不胜防啊！

所以，我们都在刹那，获得了一种不可言说的惊惧，饱含了无法诉诸文字的五味杂陈——渺小的个人陷入旋涡，宏大的世界难以辨认，对己对物竟然忍无可忍，怀沙之举会被自己悔恨，神话也可能被反复改写创造……

水声勾起了无限忧愁。我们本来是要躲避忧愁的，却不料在山中败给了忧愁。可是，忧愁到底有多深厚？它是否可以穷尽？

要不，索性让我们一头扎向黑暗，看看自己将如何面对！在端午出场的五毒之中，蝎子与蜈蚣都毒素不浅。把这两个物种放置一起，就知道它们都是在黑暗中备受煎熬的事物。蝎子与蜈蚣，都属多足纲，可见它们心思繁复，矛盾迭代。可是，别说蝎子多足无用，蜈蚣纵然千足，也只能选择一条道而行。另外，外表越是坚硬光鲜、跋扈张扬，内心不免越是软弱无用。而这一点，更显示了它们蛰伏黑暗的痛楚彷徨。不管是蝎子举着毒钳扑杀过来，还是蜈蚣飞奔而去攫取猎物，它们丑陋的形象，何尝不是一种外化的惩罚？它们应该还有一种他在，还有一种神性，需要卑谦的此在，去兑现，需要低俗的生存，去救赎。

忽然记起，蝎子和蜈蚣，都会被用作中药引子。想不到剧毒之物，竟有着最善良的初衷！此时离端午的午时，五毒生成出击，还有几十个小时，而我们于刹那，好像看到成千上万的蝎子蜈蚣，鼓足振尾，即将出征的情形——它们张开的皮肤在吱吱呼吸着，褐红的斑点因为焦虑而膨胀，暗黑的心脏，像莅临万丈深渊的军士,即将举着刀刃狂奔而下;而此时,山下捕捉中药引子的杀手,已备了各种器械,正整装待发,随时会扑上山来。千钧一发之时,我们似乎马上要见证这些虫子的生死罪罚了。

对于罪与罚,没有人像陀思妥耶夫斯基那样,做出如此刻骨铭心的描述。另外,伊夫林·沃在作品《一抔尘土》中,言及一个心灰意冷的人,舍命去亚马孙丛林旅行,不幸被当地人捕获,而被强迫日夜朗读狄更斯的故事。而伊丽莎白·毕肖普在长诗《鲁滨逊在英国》中,言及身陷孤岛的鲁滨逊,梦见自己被囚禁在无穷无尽的岛屿上,沧海无边无涯,岛屿如蜉蝣滋生,而他则被迫去考察无穷无尽的地理学……人被侮辱被损害,被奴役被监禁,可以随时随地发生。而我们向往的自由恣意,总是如杯水在前,欲饮时即被无情抽走!

在南方腹地,在万物疯长的丛林深处,叙说五毒孽障,以及它们心比天高命比纸薄的命运,使我们感到时光飞逝而去。时光就是一个有羽毛的飞行物,展翅之时闪亮耀眼,收翼之时寂静无声。

这时我们打量山中的事物,惊觉暮色已悄悄合拢。于是一行人收了散落在庭中的木凳竹椅,入得堂内,并掌了烛火。

这时的烛火,照着孤零零空荡荡的砖木房子,以及房子之后一个微茫的村庄,以及村庄之后浩荡的苍山,我们突然明白,此时此灯,终于实现了"青灯"一词的含义。在白日,"青"字是绿色,一如古人在天寒翠袖薄中的所指;到黄昏,"青"字便是蓝色,一如此刻的灯火之色。

幽蓝的火舌，使我们的眸子也变成幽蓝色。至此，我们似乎听到了湍急的流水之声，看到那个自沉之人，正慢慢合上双目，他的魂魄，正在一点点脱离短暂的肉身，而灯火，正携着它慢慢靠近我们的舌尖与指头。

也许正因为这些诞罔的联想，座中忽然有人提及，某人在某个夜晚的遭遇，当然更指向灵魂的历险。

这个人说，当他在夜晚，要穿越一座石桥之时，忽然有几个孩子过来，拉住他的袖子说，此处不宜过去。

第二夜，同样的事情发生了。如此反复，终不得过桥。

直至有一日，村人说，此处的河流，多年前曾淹死好多孩子。怪不得不让此人过河。

说到此处，我们惊觉已近子夜时分，灯火扑闪着，蜡烛接近熄灭。园中的蛙声再起，我们听到了更响亮的扑通入水之声，而游魂，随风漾泊，信足浮沉。

我们本想远离端午，但是今夜流水回旋，我们已无处可遁。在自沉发生的两千多年之后，我们在五毒降临之前的深山密林，在青灯山舍，再次辨认"青"字的含义，此时它已指向青葱不再、盛年顿失的险途。

可是万物复苏在即，邪恶的表象之下，或许是善良的初心，誓将转生之时。

2017年6月

真正的乡下人

之一

去年年关前,看到有朋友说,今日乡间过小年,唯有写字相赠……心底里便涌上一阵悲凉羡慕。说是悲凉,是因为隔着千万里,自己身陷城中,像一个囚徒,看到了外面的鸟翼乱飞,不觉心旌摇荡;说是羡慕,是因为自己不会研墨成粉,提腕写字,看到人家楷行成章,锦绣纸上,便觉心脏隐隐作痛。因为各种阴差阳错,蹉跎年岁,与汉字相关的许多美事美物,我已无缘习得了,难免羞愧难当!

但最让人心绪纷扰的,是他们在乡间过小年,必有三两知己,四五近邻,纵使杯盘草草,也胜却我这里无数;更不用说觥筹交错,推心置腹,那清欢雅集的意味,是一个真正的乡下人才能享有的骄傲与欢愉。

而我,羁旅在城市方寸之间,一想到乡间的千山万水,被他们恣意地占有着,不免有些嫉恨,而这种想法也让我变得愈发无理、局促、惶然。而他们呢,则因为拥有一种乡村生活,获得了正义、温和、慈哀。

我想,一个幸福的乡下人,除了写字,自然是读书。在乡下,因为书不多,所以总会读得很仔细。祖父以前珍藏的也就那么几本,但似乎每一本他都要读上无数遍。梨花初发的春时,他会从存放细软的柜子里翻出《千家诗》,用手指着方块字,发出轻轻的诵读之声;到寒风过梁,冰雹自天而降,像踮着脚尖的小兽走过屋檐瓦楞，他便从一个木盒子里取出《聊斋志异》，在灯火下翻开书页读将起来，看到高兴处，也不忘给我转述一番。

到我自己认得一些文字时，自然一知半解地开读了。在物资匮乏的年代，书籍非常珍贵，且绝大部分是借阅的，所以书一到手，便如饥似渴地，恨不得把每一个字都刻记到心里；而对每一本书，也觉得生死相托一般，相见恨晚，可又知道，与它终究是萍水相逢，别后将无缘再聚。所以每每夜读时，总是手足相抵，就像灵魂和肉体去赴一场盛会，神游四方，精骛八极，几近站到了宇宙的最最边缘，心思敏锐到似能体察一切无穷小与无穷大：从虫蚁搬迁，到星河鸷起。而这一切，都是因为在乡下读书的缘故，因为四野寂静，月落无声的缘故。

之二

除了雨读，乡下人做得最多的便是晴耕。阡陌田野需要照料，前庭后院也要操心。尤其是后者，像一个立体的剧场，有好几个交叉的群落在那里生长。果蔬的苗子自埋进土里开始，就要一日不停地，像对待婴儿或爱人那样，一心一意地去投入时间与精力。它们似乎都是有求必应的，你的付出是必有收获的，不像人世的事情，可以有去无回、无情无义。红薯或土豆，已在土中悄悄生成，要报答你的情谊；西红柿在架子上，豆子在篱笆上，结出的果子哪怕外形寒酸一点，内里也一定丰盛多汁。到夏将尽秋即来，各种颜色的果子在等着你去摘取，引来蜻蜓蝴蝶翩跹，猫儿狗儿跑进跑出，鸟儿雀儿飞来飞去，如果你没有时间把每一颗都收起，它们也就兀自掉落了,陷在泥里了。所以,好就好在出入淡定,像完成了一项使命,如来如去;不像人间的事情,生离死别的,总让人痛不欲生。

万物的这种温软、从容,只有长居乡间的人才有幸见证。而这也可能助长了乡下人的一种矜持与骄傲。比如胡兰成,开口闭口总是说"在我们乡下……",或者"在我们胡村……",那些繁文缛节,进退应对,好像都是天经地义的。所以我每次想到南方,也总是想到这些儿顽固,这些儿自造的雍容。

对于散居在东南腹地的人来说,一个真正的乡下人可能是这样的:他吃不得一口辣的东西,他所居住的鱼米之乡,提供给他天成的物产;他只吃海鱼,来自河湖的鱼虾,会让他有轻微的眩晕;他只吃米饭,不喜面食,而米粒抚养的性情,自有一种寡淡;他食用的馄饨必须是手造的,纤薄得像水面,能照出人影来;他要有一个砖砌的灶台,里面烧着刚劈的柴火,有一个大烟囱,能把白烟送给房顶的白云,要有一个大风箱,边上躺着一只大白猫,要有一只铁镬子,里面的菜肴正煮着,等着他从院子里割来的一把葱花……

之三

当然,最重要的是,乡下人必须要有一个大房子。房子是亲戚邻里们相助打造的,所以一砖一木他都弥足珍惜。偌大的房子,能做什么呢?在浓荫蔽日的南方腹地,万物看似安宁肃静,实际上潜藏在隐秘的空间里,会随时浮游出来。大房子即便才收着寥寥几人，家禽、家畜，却也可以让阴影在里面待着，也可给蛛网提供便利，另外风儿要进进出出，鸟鸣虫叫也须容纳。瓦砾的空隙里，总有杂草的种子要栖身，窗台犄角和栋梁边缘，总有蜂子蛾子什么的要过来生活。在苍茫的天地之间存亡的乡下人，必定想及与他生憩与共的其他事物，就如一个农人，总要在院子里预留一个喝水的容器，以便夜间的走兽路过解渴；他采摘园中的果实，总要留下几枚不取，以便饥馑的飞鸟过来啄食……

有了大房子后，要想成为一个理直气壮的乡下人，必须要有一大帮的表兄弟姐妹。其一，在市井乡俗中生活的人，有了表亲，可不就有个照应，能挺直腰杆了么？其二，逢年过节，走亲访友，可不就热闹了么？其三，似乎传奇志异里，但凡情愫初开时，总得有一个孤僻乖戾的表哥，或一个多愁多病的表妹；其四，表亲里一个人一种命运，这上天下地的，七大姑八大姨一说起，可不就是活生生一部家族血泪记、社会风俗史么？

在街巷里弄，在门前庭后，乡下人遇见另一个乡下人，总会大声招呼"表兄，上哪去？"或者"表姐，近来可好？"我原来不懂，还以为真有血缘关系，现在才明白，在乡间生活，要的就是这种亲密的语言，像一艘夜航船，载着有血有肉的人物、动植物，以及放置在心头与手心的万事万物的名字，并以这种沉重的恩情，贴着水面，千里行舟。

赶上婚丧嫁娶的，一大家子聚在大房子的庭院里，悲喜交集的，三教九流的，红事白事总得有人做主，有人附和，就像我母亲说的，就是唱一场大戏，只见穿红着绿，走上步下，好生热闹；

赶上迁祖坟的，修家谱的，你总能见到拿算盘写字帖的，端茶水跑堂的，这个中的大事小事，多少天都说不完；再赶上修路架桥的，办庙会做法事的，总得有几个能说会道的安排主持，热心肠的张罗布置；要是有意外亡故的，打架斗殴的，少不得有人出来摆明事理，契书协议的需要撰写签署的……正如我母亲所言，人生在世，如风过山，你又能指望什么？

所以这悠长的民间生活，不惧繁复的风俗礼仪，如天河之水一般，倾泻而下，便是乡下人的一生过往。

之四

乡下人起居时与天地俯仰，只有出行时才暂得一种脱逸。早年遍布乡间的路廊、长亭、驿站、旅舍，都是为一个乡下人外出备用的。驿站与旅舍，改朝换代，整饬吏治，早已不在了，路廊与长亭，在很多乡间古道上，却还有留存。想想一个乡下人，独自背着行囊，不管他是向着城池，还是朝着另一个乡间出发，这一路他都必须持有一个坚定的信仰——他能平安抵达终点，并如期返回家乡。路廊和长亭，一般建在山间开阔处的坡地，或山峦之巅。有过山间穿行经验的人都知道，在走到开阔处之前，他必要越过狭长小道，激流险滩。在东南沿海的重峦叠嶂之中，九曲回肠的山道之中，长亭更短亭之处，这个乡下人一路心慕着：登上一处耸立于山巅的路廊，极目远眺，便可见到群山之外，闪闪发光的东海，那海之尽头，是几处岛屿，那水天相接处，是孤云野鹤……一个世界的景象，便在他咸苦的双目中生成。他坐在古旧的路廊中,石在,木在,难免会想及他的村庄或小镇,作为一个真正的乡下人,想及他园中手植的柑橘或梨树,田垄上有待拔除的杂草,他腌制的食物,他酿造的米酒……

那么他的娱乐和欢愉呢?谁甘愿在咸苦中耗尽一生?这个身在旅途的乡下人,总要为自己寻找一点快乐。在他途经的村子中,如果刚好有戏班子搭台唱戏,他便会滞留一晚,就为了看点粉黛,听点丝竹,重享一遍他谙熟的某个唱段;如果有说书人开讲某个演义,他也会留下听上一天;如有谁家新盖了房子,要请客吃饭的,他也会过去帮扶,就为了用点美食,或祈点好运;要是有采茶叶或收稻子的年轻女子们刚好雇佣过来干活,他便会在此歇脚一两天,说是一起干活,实际上就是为了在月下灯影里,陪她们说个笑话,听她们尖声嗔责,或体味她们走过来走过去,落下一丝丝柔软的体香……

之五

一个真正的乡下人,在赴死的时候,总是义无反顾的。沈从文一直自称是乡下人,就凭着这一点固执、澄明,他于1949年3月曾多次自杀,可惜未遂。一次是将手伸到电插头;一次是用剃刀割开颈部和双腕的动脉,获救后,神思恍惚,还住了一段时间的精神病院。出来后,他立即要求调到博物院工作,研究古代服饰史,从此弃文从史。

但是,在我知道的乡下人里面,有好些已经自戕成功的。他们凭着那一点乡下人的矜持,与人世决然断绝!在寂寞的乡间,早年唾手可得的是农药,所以他们就仰脖喝下,义无反顾地弃绝了自己的肉体与灵魂。在我的印象中,好像总在春夏之交,在豆麦郁郁葱葱黝黑发亮的时候,发生这些事情。而后,他或她的尸身,自医院出来后,用一叶狭小的舟子载着,从孤零零的石桥下划过……

春夏之交,大概是端午左右为多,在乡间,正好是鸟羽丰泽、植被沃盛的时节。万物正在乐享生的欢愉,料不到有人竟渴望死的淋漓!而我,在这里,也仅是说到乡村的美事美物,至于那如影随形的艰难或邪恶,就交由乡下人自己去对付吧。

之六

在乡间,过了端阳,好像值得盼望的就是七月初七,七月半,以及八月十五了。天气渐渐转凉,纤丝般的肃杀凋零,掩藏在流水的褶皱里,在蜂蝶慢慢举起的翅膀下,在浪迹河湖的猫狗足掌上。

人在青年之后的生活,是完全可以忽略不计的,就像一块丝绸,再也回不到初次入水时的明净温和。三十年前的五月初五,不巧病倒了,就到小镇的一家私人诊所去挂点滴,记得自己躺在门口的一张竹椅上,一条老街的一座老房子乌黑的檐瓦下,乌黑的燕子在一遍遍盘旋……

那时的我,年轻的身体有点小病,可是干净的灵魂却随时准备出窍。那时的我,是一个真正的乡下人。

今日是七月初七,我想起儿时在乡间的夜晚,躺在庭院的竹床上，抬头遥望星汉迢迢，直至夜凉如水，慢慢地迷糊过去了，母亲就起身，让父亲抱我进屋，她则跟在一旁打着扇子。我好像有一点点醒转，可是做梦一般，只有一只耳朵能听到他们的絮叨，同时心想：就假装熟睡好了，就让他们多抱一会儿好了……

所以如若今天有人告诉我，织女星该是怎样怎样的，我一定又会变得无理起来：可是你又不是一个真正的乡下人，你怎么知道……过了恩情重大的七月初七，就是重大恩情的七月半，乡下人要开始祭鬼，再往后，就是万言难尽的八月十五。到那时，谁若孑然一身，谁若孤情寡义，谁又是一个真正的乡下人，谁就可能被剥夺活下去的勇气……

2017 年 8 月

乡居

北渡浮生三十载，
蛮天风过去无还。
忽闻惊蛰江南起，
夜雨鲛珠到枕间。

在雾霾深重的京城，渴望乡居生活，写下了这几行。正如胡适之所言："也想不相思，以免相思苦。几次细思量，情愿相思苦！"

之一·虫子

幼年时害怕虫子，是因为刚刚开始读书认字之时，有一天，在文具盒里发现了一条硕大的毛虫。认字的过程非常辛苦，比如遇到"马"字不会写，正忧思不解，这时忽然看到一条绿色的蠕虫，自然放声痛哭。现在想来，这只毛虫，不知是男生暗慕的礼物，还是女生相妒的利器？童稚的世界，也一样充满了暗滩险阻，白云苍狗，水波诡谲，让不会生存的我，步步惊心。

成年后害怕虫子，是因为读了华兹华斯的一首诗，题为《捉水蛭的人》。具体细节早忘了，只记得天地之间，有这样一个不知脸面的人，从事一种危险神秘的事业。感觉用任何词语或想象去描述他的生活，都将面临失败。比如说，为什么有这样一种职业？是因为山中水蛭肆虐，爬满了作物，以及人们的衣物，需要有人过来除灭？还是有怪病横行，需要一个艺高胆大的人，到深涧或淤泥中捕捉这种珍贵的虫子，用于治疗？所以在我的眼里，这种昆虫，会从丑陋粗鄙的样子，一下子变得稀缺神奇。至于那个捉水蛭的人，也一样会从樵夫渔父的形象，变成王者，或游侠，或政客，或神父，或任何变幻莫测的自由职业者。他可以是峨冠博带的人，可是一转身，就会在火炉前脱下毛氅，扔在地上，并且拍手大笑，捉起虱子来。

至于如何捉水蛭，治疗一个病入膏肓的人，我突然想到了《日瓦戈医生》的开场，一个妇人因为恋爱自寻短见，这时大夫过来，用19世纪流行的做法，切开一条脉管给她放血。可是为什么不在她的脖颈，放上几只水蛭来完成这项工作呢？像克利奥帕特拉，把一条蛇放在自己的胸口，来终结她的命运；水蛭这种柔软的蠕虫，可以用无声的吮吸，没有疼痛的方式，让这个为爱痴狂的人，起死回生。

直至最近，忽然有人告知，《包法利夫人》中就有用水蛭放血的场景。可是最惊悚的莫过于，有一天暗夜一个人看一部电影，忽然见到在一个妇人奄奄一息的脖颈上放置水蛭的画面！我的宿命，就是预感到一个事件，却不得不，无能为力地目击它的发生。举凡历史与个人，都是这样。

…………

而现在的我，要把在城里时对虫子的惶恐，变成乡居时对虫子的泰然。在城里做短暂午休的酷夏，听见尖锐的蝉鸣，生不如死；在乡间呢，虫鱼鸟兽，纵声歌唱，就如日月长情，是自然而然的事情。在城里暴雨过后,浅薄的草坪上,会冒出很多蚯蚓,盲目地往水泥路上爬行,遇上烈日当空,它们则很快暴毙;在乡间,泥土深厚,曲径通幽,它们便可以自得生长。城,是混凝土与钢铁的流动宴席,也是它们的葬身之所。

而在虫子遍布的乡下,会有虫道和伦理,所以也有它们的太平世界。比如曾听农人说过,秋时风过去,栗子落地,剥开皮壳即可入口,如果恰有虫子在果肉里,那虫子岂不也是鲜甜可口?夏时雨蒸雾绕,梅子刚刚红熟,酸汁生津,正好止渴,如果碰巧有虫子驻足,拿掉了虫子,梅子照样可以果腹。你看,等到年岁已尽,溘然长逝或意外夭折,在乡下,也没有火化场,寥寥亲友邻人,拖了你的身体埋在土里,终究还是需要虫子们过来,给你咬噬,帮你归化。

这样一想,也就安静喜悦了。突然想到儿时读书认字的那个小学校,曾饲养过一些蚕宝。春时桑叶绿得乌黑发亮,蚕宝们在吞食时,沙沙作响,刚好映照着我们在纸上写字的时光,一片鸦雀无声。也想到了那时的乡村居所,后面有一片菜畦。春夏之间,百物盛长,满园子里,粉蝶翻飞。那是虫子的来生,欣欣然没有忧虑心肠。

所以要是乡居,我只能与虫子两情相悦。它们可以在瓦砾上居家,在柱梁上翻跟斗,并且因为快乐,在水波上大声呼叫。而我,估计也只能报以一笑了。

之二·野兽

既与虫子，度过一生中的大部分光阴，又与野兽，相遇相惜的，应该是养蜂人。这个人可以在年轻时远走穷乡僻壤，在原始森林里收养蜜蜂，可能路遇黑熊围攻，可能帐篷挂过蟒蛇。然后在年老时，他便可以返回乡里，了却残生。

养蜂人可能会把蜜蜂视为野兽，我则把大蛇看成是野兽。如果你也像我一样，心脑的游思遐想，全然与世俗的常识分庭抗礼，你就会知道，在我的乡居图册里，野兽不一定是四足之兽。只要这种生灵足够凶猛蛊惑，足够浓稠悲凉，就会被冠以野兽之名。

几十年前的一个春天，我刚刚遭遇了一桩情事。有一夜，走出住所的旧木楼，看到奇迹般圆满的月亮，高悬天上。当时一路小跑着，正沉浸在虚妄的幸福之中，在经过楼下草木掩映的碎石小道时，忽然被绊了一下，差一点摔倒，等我缓过神来，回头一看，一条黑色的巨蟒正横亘路中；而后它开始向着墙根的草木，缓缓挪走……如今我回想世事茫茫，才知当年这只无足猛兽，选择在明月千里之夜出没在我的眼前，就是为了告诫我：世间万事，恋情亦是，开篇越是明艳，结局必定越是惨淡！

野兽不一定有足，它也可以有翅膀。猛力扑倒丽达的天鹅，也是一种野兽。它丰厚的羽翼下，藏着宙斯笨拙的双腿；颤抖蛮力的双掌，散发着宙斯在苔藓和松木上灵魂出窍般疾走的痕迹。哪怕他有最健全的理智，此刻也是孤独求败，一心只想迅即捕获这尤物般的猎物。

在我幼年生活的乡间，也有这样的猛禽出现，当然不是天鹅，而是老鹰。当时我们都养了小鸡。春天时,小鸡像新抽的杨柳,一团柔和的黄色,轻软得像善良人的心肠。新翻的田垄,莺雀时起,暖阳一片,正是清明前的好天气,大人都出去干活了,留下我一个人在院子里。日影疏离,一只小猫,悄无声息地翻上了围墙。我正在琢磨着,突然呼的一声,一个乌黑的大物垂降下来,又于瞬间消失了。回头看,只见小鸡们慌作一团,到处乱窜。一会儿大人回来,大喊着说,老鹰抓走小鸡了。我一听,吓得背脊冰凉。因为大人说,如果有婴儿,它也要掠走的;如果有小孩的眼睛,它也要取走的;如果……如果在荒凉的乡间居住,左邻右舍相隔甚远,大河边上是微茫的田地,大树底下是渺小的房舍,害怕我们手培心亲的事物,一下子就被庞大的野兽夺走,这种担忧不是没有理由的。

　　说到老鹰,就想到了危耸在远处的鹰嘴岗,那是方圆几十里的最高峰。记得自己在蛮荒的乡间,举目四望:日出是东方,听说是无边无涯的大海;日落是西方,远看是奇峰异谷下的余晖;南望是草木连绵;唯独北望,是巍峨夺魂的鹰嘴岗。

　　说是夺魂,是它确实像一只硕大无比的巨鹰之嘴,高高在上,让我不敢奢望上去,更是因为曾经听说以前有一个男子,把某人骗至荒无人烟的鹰嘴岗并将其谋害致死,然后这个男子回来就不吃不喝,就一直指着鹰嘴岗胡言乱语,最后众人找到了死者,而这个男子就朝着东方走去,朝着无边无际的滩涂走去,自绝于东海之上。

　　那时的乡间,可以说是野兽遍布。好容易梨花落尽,种子播下了;不料惊蛰之后,野兽潜行,一时间防不胜防。好容易小鸡蜕下黄毛,能飞能跑了,到晚上收到笼里,挂到梁上去,夜里忽然听到一片哗然,大人们打着手电筒追出去,大叫不好了,到处是鲜血淋漓,好多小鸡都被咬死了。我更是吓得大气不敢出一声。是豺狼,是野猪,是狐狸,还是黄鼠狼?有可能是大猫。大人们低声说。大猫是对老虎的尊称。

无法想象,那时的乡间,居然有这种巨兽,在自由自在地游荡,并且获得了我们发自血肉的敬畏。因为,在野兽烬灭的现在,如果让我去乡居,我定会在瓦片下跪下祈祷:野兽啊,求你过来看我一眼吧。因为现在唯一的那只野兽,可能就是,像里尔克在巴黎植物园里看到的那只困兽(冯至译):

它的目光被那走不完的铁栏,
缠得这般疲倦,什么也不能收留。
它好像只有千条的铁栏杆,
千条的铁栏后面便没有宇宙。

强韧的脚步迈着柔软的步容,
步容在这极小的圈中旋转,
仿佛力之舞围绕着一个中心,
在中心一个伟大的意志昏眩。

只有时眼帘无声地撩起——

于是有一幅图像浸入，

通过四肢紧张的静寂——

在心中化为乌有。

之三·飞鸟

世上所有的飞鸟，都长有一对翅膀。那天使呢？

天使拥有世上最巨大的翅膀。于我而言，天使总是一位男性，总是与飞鸟不离左右。他总要反复穿越飞鸟经过的地方，希望能找到更多飞鸟散落的羽毛，以便粘到自己的翅膀上。他需要制作庞大的羽翼，以便飞到更高更远的地方。其他时候，他就收拢双翼，站在一棵青葱的大树下，好像刚刚被创造出来一样，健全的体魄，无邪的眼睛，一心只想着与羽毛有关的事业。因为他只关注自己的梦想，所以愈发美得不近情理了。

在加西亚·马尔克斯的集子《世上最美的溺水者》里，就有这样一个人，死后变回到年轻时俊美的模样，乘着洋流漂过世界，经过的地方都是鲜花和水草。另一个故事则是这样的，大雨如注的清晨，一个人打开大门，却发现院子的泥地里，坠落了一只天使！

所以，如果让我乡居，我便祈愿众鸟光临我的住所，这样天使也就一路尾随过来了。

在我幼年居住的乡下，春夏最常见的飞鸟，是燕子。如果人世有一种颜色，叫黑色，那一定是燕子黑。从春风吹拂，到梨花绽放，我们居住的小木楼，也迎来了燕子们的叽叽喳喳。我们根本不知道，它们在什么时候把窝垒好的。村人们只关注日影的挪移，节气的增减，作物的栽培，禽畜的生长，谁会注目到燕子呢？它们不会停留在你的肩头或手掌，也不会产出粮食或钱财。对于晴耕雨织的农人来说，生老病死，举起锄镐，挖地为墓，入土为葬，人生在世，也还暂时留得方寸坟茔。而燕子呢？它能给你留住什么？一年里时辰一到，它们便都飞走了。

可是对于小孩子来说，这些乌黑的精灵，极其蛊惑人心。因为每一只燕子，都长得像另一只燕子，怎么区分呢？还有，它们把窝营造在那么高的地方，在梁上或檐下，家里又没有一把梯子，可以够到那些地方。所以要是初阳耀眼，它们会飞出去玩耍或捕食；要是春雷乍起春水初生，云脚低垂草木寸长，燕子们就守在窝里，拿它们的黑眼睛，滴溜溜地看着你，或一言不发，或偶尔叽啾几下，好像它们君临天下，把你的一切都看到眼里去了。而小孩子，由于敏慧通灵，似乎能抵达燕子的心肠。可惜他们这点水晶般的心性，随着年龄的增长，很快就浑然不见了。

说到飞鸟，再也没有什么比坐在一条船上，被飞鸟追逐，更令人留恋难忘。记得六七岁时，因为有急事，家人必须连夜赶往外地的亲戚那儿，我便央求一起同行。正好是初夏的傍晚，天色行将黯淡。那时没有多少交通工具，在河湖纵横的南方，水路交通反而发达，于是喊上一条小木船立刻出发。艄公在船头急急摇桨，家人于一旁陪他轻声说话，而我则一个人躺在船尾，只觉得这舟子，像夺命的飞毯，把我们拽到嗖嗖的流水中去了。星子慢慢出来了，河面宽广如大江，因为仰躺着，所以感到流水急剧上涨,几乎要淹没脖颈!虚黑的两岸,突兀不清的作物矗立着,几乎能听到野麦苗或豌豆荚呼呼拔节的声响。正在出神,突然听到呀呀的叫声,往后一看,竟然认出在茫茫夜色中,有一行白色的水鸟,正追着我们的船只过来了。这虚世行舟的感觉,只有在异常敏感的少年时期才会遇着!

如今,我纤丝一样的忐忑之心,总在飞鸟与天使之间,摇摆游荡。我不知道,那个乘坐夜航船的少年,是否也与我一样,看到飞鸟在船尾一路追随。那些莫名的生物,或许就是我们自己的灵魂,于出窍时刻,急急地追赶着主人的躯壳前行。灵肉分离的刹那,凶险的事件就骤然发生。

我们凡人,尚可以手刃自己,断然离场。可悲的应该是神灵,因为不能自绝,所以只能日复一日地面对永生,难怪希腊神话中的一些神,对于不朽的承诺,并不总是艳羡。偏偏我们这些终会腐糜的肉身,总在不断地妄想飞翔与永恒。

当然,每一个打算乡居的人,都希望饲养一些家禽,纵然不能增加乐趣,也指望排遣寂寞孤单。可是,我刚刚听说,一个农人,去集市上买了上千只小鸭子圈养。春时过后是夏时,夏时过后到秋时。这天早上,他照常走到屋后放养鸭子的场地,却发现一只也不剩了——原来他买的是野鸭,现在,它们长出羽翼,全都飞走了!你看,人世的妄想,总是这样让人哭笑不得。

之四·寺僧

有一次偶然遇到一个人,虽然素昧平生,却突然决定跟着她进山居住。夜来投宿她在山中的家，听到犬吠不绝。知道黑夜可以让人白头，却不清楚，为什么也让狗儿如此忧心？

不清楚的事，在一件接一件地生发。这座房子傍着一个山谷，夜间的山峰，也许进行了神不知鬼不觉的滑动，山石从高处坠落，如果正好打在一只夜间穿行的动物身上，则可能导致意外的死亡。只有极度敏锐的狗儿才能发觉，所以它便开始狂吠狴犴，如警世之钟，让人毛骨悚然。

可是，发生的事件又何止这些。第二日正好是立春，我栖身的这个山谷，草木褪了残枝枯叶，随时随地准备坠入情网。在南方的边远地区，暖和的气流，像其他不可预料之物一样，突然袭来，所以不日之后，它们将与百足的虫，无足的蛇，两足的鸟，四足的兽一起纷纷扰扰地，次第不减地进入做爱的季节。虽说情不知缘何而起，而每每起时，必以莫名相杀的势力扑来，不知等待它们的，将是怎样一个体无完肤的结局。

还有我所处的这个村庄，也就七八户人家。我不认识任何一位村人，因而无从了解他们的任何生活。可是又想，如果我一个人的生活，已经"罄竹难书"，那么这么多人的身世，他们欲言又止的苦楚，欲拒还迎的纠缠，岂是山上的磐石与竹子可以形容的？

山上刚好有一个寺院，建于公元999年，又于1999年进行了修葺。宋时的建筑，亭台楼阁，一应俱全。上次来时，夜幕四合，进来后刚好是掌灯时分，所以看不大清楚。只记得同行中的家人，于廊柱那儿遇到一位僧人，就与他攀谈起来。隐隐约约的灯火中,听到他们的声音在山谷中晃荡,回头看到僧人的衣裾在风中翻飞,心想出家人倨傲为多,他留步与世俗之人交谈,必是出于礼貌,未必用心。

可是又说回来,他如果真的用心,换成我,又如何与他交谈呢?心与心的距离,如同星际旅行,须用光年来丈量。不过我倒可以问他一个问题,都说出家人行迹无踪,朝在平川,夕至山关,刻意地离开一人又一物,从不在一处一地滞留多日,唯恐心生眷恋,难以割舍,于自身修行不利。那么僧人在这里的寺院,学修长久,是否也不便离弃?

可惜我终究是一个槛内人。所以下午四时,梆声敲响,晚课在大殿准时进行,我也没有跪拜;到五时,当众僧人启用晚食,我与三两游客,于下座一起使用素斋,我也没有提问,以求一个答案。作为一个害羞的人,我只会用自己的左手与右手交谈。凡是天塌地裂的事,我都习惯用牙齿把它埋葬在舌底。我又如何与一个满是机锋的僧人交谈呢?

正在低头想着,不料一位年轻的僧人经过我身边时,说了一句:"再来点菜吧。"抬头看到一张热情的脸,尚带着稚气赤诚。我慌忙起身,还礼说饭菜已够了。只听得师傅接着说,人都问他何以成功出家了,他说,实际上,出家是件很容易的事。从前有一个人,想着出家,家里不允,说等成年吧;成年后又说,先成婚养个一儿半女吧;有了儿女之后又说,先伺候父母过世吧……结果他一辈子都出不了,也永远得不着自由……

说完,他大笑着,迈出门槛走了。这时,我又看到另一个僧人,拉过做饭的工人,询问寺院里的老法师今天可曾吃过饭了。工人答道:一会儿打点饭菜,送过去就是,但老人家未必会吃。我早就听说,严守戒律的僧人,有过午不食的做法,可是这位老法师,要是竟日未食,想必是病了。这时不禁心中恻隐。从年纪轻轻的小师傅,到遗世独立的老师傅,不知要经历怎样的心路历程。听说到年老灯残之时,有先见之明的僧人,也许会自行断食、了却尘寰。难道在这个寺院里,正在发生这样的事情?

种种犹疑,种种惊魂,看似波澜不惊,与其他无数的世事一样,一桩一件都在发生,而我由于愚钝顽劣,未必看得清眼前的事情。要说我的山居,不就是找一个沉静的时间,独自面对自己的不堪,指望能击穿尘世的表象吗?这样想来想去,也就把这个立春日挥霍过去了。

这是一种怎样的挥霍啊——整整一个宝贵的下午,在寸金寸光阴的流逝中,我走遍了这个寺院的每一个角落。从大殿庙宇出来,沿着青瓦条石,到了僧人的柴房,见到了堆叠新劈的木头,劳作使用的独轮推车,还有晾在院子里的腌制咸菜;转到西侧厢房后面,见到了他们的菜畦,种植在塑料棚中的绿苗,还有浇水的喷壶、耙地的锄头……

这就是他们的日常。日常如何度过?是随意地打发,还是日月紧趋,如过刀山?一时间我又陷入了谵妄之想。一抬头,眼前竟是一个梅园!黛瓦黄墙之下,满园的红梅竞放。有一个石头亭子,石桌石凳,石栏杆,掩映着埋在土里的几个石碑,以及其他石头构件。当然最让人欢喜的是,石头与草木,都爬上了青苔,都凌乱地堆置着。因为人迹罕至,整整一园子的梅花,好像没有其他任何用途,除了用来熏染石头。只是不知要经历多少个春天,才能让顽石也变得暗香。想来真是痴心妄想。都说人生一世,草木一秋;又听人说,人生一世,如风过山。风过草木,才是短啊……

之五·花事

说到草木,自然想到花事。在我这大半生中,有两个花园,一直心念不忘。

一个是儿时与父母在乡间居住的花园,还有一个就是姥姥家的花园。那是贫寒年代,繁花锦簇乃是奢华之事。

父母那时房子的东北两面,有占地一两亩光景的园子,一年到头,都植有各种花木果蔬。一到春时,只觉得房子里的家具,都有了潮湿之气;梁柱上的蛛网,泛起了晴和的日光。这时走到户外一看,石头上,长出了宝绿色的苔藓,园子里,更是草长莺飞。在乡间,除了麻雀,其他的便是鹧鸟,都躲在树丛草间,只听到它们的清音,难以见到它们的身影。但偶尔,你路过新翻的土块,它们便忽地飞出,让你看到雏鸟青涩的样子——刚刚学步,便不得不匆忙举翅。

所以在乡间,节气的来临,只消看园子里的草木,便知一二。北面的那一片,种植的多是果树。最可心的是一棵梨树。赶上微雨轻尘,梨花初绽,一团雪白,坐在树下新发的草叶上,能感到花瓣上的雨水,慢慢滴落到肩膀。这正是忧心忡忡的清明时节,正好庭前的柳枝也发芽了,露出鹅黄的嫩绿。于是坐在梨树下,等着父母上坟归来,一坐就是大半天。

由于我们居住在海边平原,坟地在遥远的山上,小孩子不能一起去。上坟归来的父亲,面露倦色,一言不发,头发上眉毛上都是雨水,雨水也从他的手掌以及双足上,渗漏出来。他十岁丧母,每年都要扛着一把锄头上山,用来清理坟头的枯草杂叶。祖母的坟址,孤零零地在一片山地上,据说很不好找。因为那一年粮食稀少,人祸加上天灾,家中一下子殁了两人,曾祖和年轻的祖母。死亡突然发生,一家人都乱了手脚。所以清明这一天,父亲总是一大早出发,到下午才回来,锄头上总粘着新鲜的泥土,锄柄上还落着蕨类的碎末。他总会从山上挖一棵植物回来,也不认得是什么,随手就种在北面的园子里。小姑姑当年是一岁丧母,这一日她上坟回来时,声音全哑了,可见在山上,她是怎样地哭得死去活来。至于祖父,到夜幕低垂时才从山上下来,不声不响,更看不清他的脸色。都说清明时节,梨花带雨。在我们家,这三个人是独自上山,又独自下山,他们都把一年中的这段孤绝的时间,独自交给泥土下的逝者。这一日的梨花带雨,在我的记忆里,有着特殊的印象。

东面的园子,比北面的更加开阔,主要种植蔬菜,夏日是这里最好的时光。番薯开了白花,茄子则是酱紫,丝瓜举了黄花,架豆则是浅绿。到蔬果长成,西红柿挂在篱笆上,冬瓜藏在草间日渐丰盈,瓠子结在瓦片上,土豆则在垄土下秘而不宣地生发。那时便经常想,为什么世间万物,并不都有与它一一对应的事物?

一只白蛾子，对应白萝卜开的白花；一只红蜻蜓，对应红豆荚冒出的红花；可是一只翻飞的彩蝶，它翅膀上的一块宝蓝色，我到哪儿去找它的对应呢？直至一只翠鸟飞临，它展开的斑斓羽翼，超出了我对颜色的所有想象！所以心想：凡事落单，无物成双，也许这就是世间有孤独的缘由吧。

曾听人说："我曾有过温柔的乡村生活。"但在我看来，乡村生活，温柔之外，还凭空添了孤独。少时不懂草木之心，只觉得乡间极其寂静，无形中也养就了少语寡言的习性。到成年时，听说圣彼得懂得鸟语，能与它们相谈甚欢。才知，人也可与禽兽言语，只是自己的能力未及罢了。

说到东面的这块园子，还与姥姥的离世有关，因为那一年暑夏，我和母亲正在这个园子里浇水，消息就传来，母亲的双手还粘着泥土，也来不及洗净，就哭哭啼啼奔丧去了。

到了晚上，我也被带到姥姥的厅堂。只见她冰冷的身体，已陈列在正屋的一块门板上，一旁的一口铁镬里，烧了松枝，火花飞溅，如同白昼。姥姥一生谦卑素俭，那些夜晚，却是她最荣光的时候，也许正是这种剧烈的反差，让我有了难以言说的恐惧。几次经过她的灵堂，都觉得魂飞魄散，如果不是使劲克制，便会在人声灯影里尖叫出来。三日后出殡，几个近亲远房，翻出她丝绸的衣物，以及漆金的斗柜，商量着怎样把她遗下的物件一一瓜分之时，我小小的年纪才明白：她的气息，终于如游丝断尽，蒙蒙飞絮，就要无影无踪了！

可是她遗下的花园，却是我念念不忘的第二个花园，还往后存续了好几年，才从我的眼前消失。

她的花园，坐落在她与姥爷那座大房子的前庭，那座房子，又坐落在大山的边上，四间宽的三层瓦房，在乡间算是阔绰的了。开后门便见山，满眼青翠，一口水井就砌在碧绿之中。前庭用卵石砌了两人高的围墙，沿墙遍栽了月季、蔷薇、栀子。

这个花园，对我来说，胜过天上人间。因为如今回想起来，好像自那之后的光阴，都算不上真正称心欢喜。所以上学之前的那段日子，偶尔滞留在姥姥的膝前怀抱，实在弥足珍贵。隐隐记得她梳了髻子，插着一支银簪子；拿一块青纱围了前额；青缎子或蓝布衫上套一个围裙，总是干干净净，总是轻声细语。春夏之交，暖阳虚晃，我们坐在木头椅子上，石头围墙会把余热传递过来，草木茂盛，花事正浓，成群的鸟雀飞过头顶，声声叫唤，又引得屋前房后空山鸟语不绝。到秋冬，她的气喘严重了，待在花园的时间也变短了，只赶在正午那一会儿，抱着她的暖手小铜炉出来，虚弱的身子在花前的椅子上坐定，静静度过她屈指可数的在世时光。

她并不知道，她一心一意维持的秩序，反反复复叮嘱的规矩，在她身后，全部崩塌了。她出身镇上大族，嫁到乡间，似是一件离奇的事（听说她有一个兄弟，生病死了；还有一个兄弟，因为与台海的关系，被拉去枪毙了，也不敢收尸，她为此常常啼哭）。每每回城，不知情者便呼她为乡下人。她也不怒，反唇问道："你是城里人，那你见过城墙什么模样？"对方自然答不上来。她又常说，大户人家要行有行姿，站有站相；用食时不许出声，出言时不得不逊；待人接物，更有各种讲究，比如家中要备什么热菜凉菜，用什么杯盘碗盏，等等。她是明理克制之人，处处谨慎小心，就是脚下踩了刀子，履着薄冰，也不怨怒一声。偏偏碰上姥爷，是个豪放不羁之人，沽点儿酒，就兴高采烈；读了一段书，就手舞足蹈（他当时租了很多田地，招了一些长工干活）。所以里里外外，全仗她一人劳力操心，难怪落下了病根。饥馑之年，她死过一次，被弃在太平间，是舅舅不死心，连夜把她背了回来，喂了汤水，又活过来了。这一活，又在世好些年，这才有缘，等到我出世来与她相见。

只是至今也不记得她生于何年，但却确凿知道，她卒于多灾多难的1976年。她七个子女中，只有四姨一人读书识字，所以就在她的黑白遗像旁，抄了李义山的诗文，长年挂在她的房中。只有四句，我至今记得：

相见时难别亦难，
东风无力百花残。
春蚕到死丝方尽，
蜡炬成灰泪始干。

之六·祭文

《石头记》里，晴雯即死，宝玉便写了悼文，供于芙蓉花前，哭诵祭奠了一番。料想我今后的乡居之处，必要有自己手种的庄稼，每一株植物，分属一人或一魂。我有生之年在南部虚掷的光阴里,幸得寥寥几位友达。可惜其中几位已经离世。因为这个缘故,我有时觉得自己有一半魂魄已经弃世,只剩另一半还游离于人间烟火。

已故去的一位是Y先生。去年春天,经过京城一所大学的西门附近,见围墙里枝叶青翠,便想起里面有一园,叫作朗润园,多年前还留有一些老旧民宅。Y师北上访友,其友就蛰居其中一间破败的厢房。尚记得与他们二人见面之时,把酒大笑的场景。当时他还力劝其友,应该夫妻和睦云云。殊不料其友夫妻仍存,他却早早命归黄泉,弃下爱妻孤儿,苦不堪言。

他性情耿直,为人磊落,写得才子文章。无奈杂务缠身,劳累成疾而终。他即要走,也未曾托梦于我,可怜师生一场,终是虚妄。闻讯之时,已是他亡后两年的清明时节,连日来涕泪交加。Y师仅长我两三岁而已,忧碌人世,享年四十又七。

我后来听说,Y师拿到医生通知,自知不久于人世,便即豁达知命了。工作之事,事无巨细,交代完毕,即闭门索居。凡平常治疗,几近拒绝;凡庸常访客,概不相见。如此数月之后,终入危重病房。一友于心不忍,不顾其家人反对,冲进病室,见他于器械管子中,似要挣扎坐起,终因体虚乏力,动弹不得;似要开口倾诉,终于只言未发。不日便撒手而去。

我及几位好友,虽然散居天南地北,却一直视他为同道,而他呢,却未曾将其病讯托梦于我等,因而心中疑惑不解,以为死生为大,自当见上一面为好。呜呼!想必是我等愚钝之极,因而心无灵犀,通及其殇。

我等既已苟且偷生,也只得写了千字悼文,于月朗风清之夜,于花前树下,一一祭读。Y师若一息尚存,务请上天下地,至月下清赏,薄酒当歌亦好,诗词曲赋亦好,此时此刻,权当娱悦!一生劳碌,终有尽时。为人子,为人夫,为人父,为人师,为人友,鞠躬尽瘁,死而后已。而今死字已成,或可偷闲片刻,权当生时余欢!

另一位已经离世的是 X 先生。他年长我一倍有余,俨然如师,谢世时年六十有九。亡去两年有余,我才得知消息。

他在世时,负责当地文艺联合会,凡年长与青年,皆一视同仁;又专治地方史志,正传或野史,样样精通,卓有成效;又擅长小说,用字奇巧,意象险绝,情境深远。

尚记得,20 世纪 80 年代末 90 年代初,他与我等青年,于其办公室,把盏叙谈、畅言甚欢的场景。凡入其室,必笑脸相迎,沏茶相待,此等谦逊,实属稀世罕有。记得四五月之交,春风骀荡,他与青年们,漫步于河边石桥,指点故乡景物,一言一笑,至今历历在目。

过去二十多年,我因与世隔绝,与众人断了联系。去年忽一日,得到消息,说他已经与世长辞。我本以为世上时光绵长,相见不晚,不料就此成永诀,不胜唏嘘。

都说人年少时,求滋味饱暖;青年时,求美色裘马;中年时,求友达知己;老年时,求病去患除。若求不得,便转而求好死。但即便这点平常的愿望,于 Y 师,于 X 师,竟然也求不得了。

之七·雨雪

雨季来临之后，我们便感到生不如死了。

在山海连绵、水天无尽的南方腹地，有人把水车拖出来支在田头，攀上水车，开始踩动踏板了。父亲也开始向人家借用农具了，有时候是一把扳手，有时候是一枚螺丝。天降靡雨，小河满溢。漫漫不绝的雨天生活开始了。

可对于我们小孩子来说，真是生无可恋啊。阳光烂漫时节，我们喜欢看到的那些人物，因为雨天，全都不见了：一个煮茄子的人，一个前朝老公公，还有一个收破烂的人。而村子里的疯女人，又开始彻夜哀号了。

要是阳光温和，这个煮茄子的人一准出来。他穿着人家冬天才上身的黑色棉袄，腰间系着一条草绳。他总是挑两大布袋的担子，里面放着做饭的炉子。我们叫他煮茄子的人，是因为他总是跟村人要茄子。讨到茄子以后，他会找一个角落，把茄子从茎瓣那儿掰下来，扔地上不要了，只收走一堆紫色的茎瓣。

他是一个谁都看不明白的人。反正我们有人看到，他摆出炉子煮了茎瓣吃了。每次看到田边地头弃着几个掰断的茄子，我们就知道煮茄子的人来过了。

他的脸脏吗？他会说话吗？他的袋子里到底装着什么东西？他是否也会煮蛇，或其他小兽吃？我们心里藏着无数的问题，有一次好容易，有人说自己看到过他正在吃东西，我们就把这些问题，一股脑儿都问那人了。

他会用一个大管子吹火，烧的好像是树叶，那人说。

那他有女人吗？不知道是谁问了一句。

大家先是大笑，而后面面相觑，而后谁都不说话了。

这之后，我们便开始了对他不远不近的追踪。他会到处收集落叶。他有一根很长很细的铁棒，在树林里，在河边水岸，他会用这根铁丝，去扎地上的落叶，然后一片片穿起来，等五彩斑斓的落叶都穿满了，他就把落叶撸到布袋里去。他也收枯枝，也收一些他认为可以当柴火的东西。

那他也收猫的尸体吗？有人突然问。据说猫有九条命，所以在乡间，死后只能吊在树上，直到它的骷髅从树顶坠落，你都不知道它是否尚存一命，要回来索魂。

说到这儿，我们便感到背脊发凉。天色向晚，飞鸟归林，风挟持着薄云在西天疾走。我们也不敢再跟在煮茄子的人后面了。

跨过斜长的石桥，煮茄子的人，过河就消失了。他肩挑的大布袋里，不断有落叶掉出来，一路走，一路的枯枝败叶就撒在后面。看到这儿，我们感到心头阴冷，便拔腿往家跑了。

至于他到底会拿什么当柴火，煮什么东西食用，我们实在不敢想象。他痴爱茄子，又把它掰断舍下了，就像把痴爱的女人弃了，留得她的头发当柴火煮饭一样。我曾听说，有人因为爱极了自己的女人，就把她的骨灰，拌在米饭里，一口一口地咽下。我也听说，有人因为恨极了自己的女人，就把她杀了，却又伴着她的尸身，同床共枕多年。

可是煮茄子的人，他的不可理喻，却比不过一个叫作前朝老公公的人。

前朝老公公估计快百岁了。在遥远的遥远的20世纪70年代，他要是快百岁了，那他一定出生在很久很久以前。可是我们觉得，他肯定一出生就百岁了，这样当我们见到他时，就接近两百岁，因为他比我们看到过的任何老年人都要衰老两倍。他就像是从坟墓里爬出来的一个活死人，这与他穿着的一件特殊的长衫很有关系。

他的长衫，就是上上个世纪男人穿的那种，藏青色的棉布夹袄，一直拖到地；他还戴着一个同色的风帽，把整个脑袋和耳朵脖子都给套上。因为时间太久远，他的这一身行头，都不知道有多脏了，还时常从里面掉出一些棉花来。说来也奇怪，那棉花也是黑乎乎的。

我们小时候看到一只乌鸦，便觉得它的舌头也是黑的；见到一条黑狗，便认定它的内脏也是黑的。所以觉得这个老公公，就是从里到外都是黑的。难怪，他的骨瘦如柴的手指头上的长指甲，也是黑的；手指甲下面抱着的铜制暖手炉，日长月久，也变成黑的了。

所以当春夏之交，鸟雀开始叽叽喳喳的时候，天气转暖，蜜蜂等一类的虫子，都迫不及待地出来了。我们便寻思着，怎样用一只小玻璃瓶罩住蜜蜂，再投上些菜花，拧上盖子，慢慢观察这个虫子在春天的生活。在乡间，在雨季来临之前，我们有忙不完的事，没有哪一件对于小孩子来说是不重要的。

这时最麻烦的，就是如何躲开前朝老公公。因为最好的蜜蜂，都在他家前院的一棵梨树上。梨树也像他这个活死人一样，不知道有多大年纪了,就是每年都会没命地开花。花开时,一片云海似雪,招来无数的蜜蜂,在那儿嗡嗡地转着。前朝老公公就一身黑袍,拄着他的拐杖,一动不动地坐在树下。他会眯着眼睛看太阳,我们觉得他的眼睛肯定已经瞎了。可是我们一挨近梨树,他就气急败坏地敲起拐杖,大声嚷嚷着我们根本听不懂的话。

他的舌头是不是黑色的?有一天有人问。

好像是。有人说。

他的眼睛里全是白色,又有人说,是不是因为他瞎了?

不会吧?有人表示怀疑。

那你说他的肠子是不是黑的?有人问。

那得等他死了,才能看得出来。有人回答。

所以忧扰我们小孩子的事情啊,有千千万万。这个前朝老公公,因为被全世界遗弃,正为一直活着一直活着无比苦恼的时候,我们却想着他的眼睛他的肠子的问题。不过我们没有怀疑这一点——也许他就是拿拐杖,把自己的眼睛戳瞎的。

为什么不可以?戳瞎了,不管这个世界怎样,就可以什么都不看了。

当然最好是,有一天他找不到拐杖了,这样我们就可以爬到梨树上,忘情地捉蜜蜂去了。只是蜜蜂在瓶子里过些日子,也会有死掉的,可怜的前朝老公公,却怎么也死不掉。所以让一个人断了心肠,死了肺腑,还活着,有什么意思?更何况他在很久很久以前,也曾经是个年纪轻轻、细皮嫩肉的人。

雨季一来,漫天遍野的雨雾就开始浸淫了,有时斜风细雨,有时如沐如注,整日不断。梨花落了,前朝老公公也挪到屋里去了。我们不免也学着大人的样子,变得忧心忡忡。估计要等到梅子熟了,枇杷熟了,红的黄的果子,装在街市的篮子里,或放上餐桌的盘子里,这雨才会歇息。不过到那时,清明早过了,快接近端阳了。鸟儿们生出修长的羽翼,这一点,你只需看它们飞得更高更远,就可以明白。庄稼也变得油绿一片,淹没了道路和桥梁。我们要是到地里去,都要结伴同行,担心有野兽出没。而整个雨季,草木疯长。我们最盼望的那个收破烂的人,也不见了踪影。

但雨季之前,尽管还是早春,那个收破烂的人就会出现。阳光单薄得很,不过总让人欢喜。深远的南方沿海平原,一如堕入深渊的一点陆地,一年里几乎不会下雪。我们只是偶尔眺望远山的山顶,才能看到一点点白雪。收破烂的人,就在这种单薄寂寥中出门了。

他的家是一个很小的房子,挨着乡间唯一一条溪流。人们会在溪流的上头,择菜淘米洗衣服,而收破烂的人,就在下头洗刷他的东西。他的东西里什么劳什子都有:半张桌子,三条腿的椅子,一个婴儿推车,还有一面镜子……多得数也数不清。什么稀奇古怪的东西,他都收:一条假肢,一个尿盆,半只掉了毛的玩具熊,或者一把剪下来的女人的长发。他会把好一点的东西,拿到溪边清洗了,晾干了,收到他的小房子里去;其余差一点的东西挑到废品站去卖。

所以他的小房子堆满了各种什物。因为他出门时总用一把大锁锁门,我们总以为屋子里装着宝贝呢。有几次我们透过破裂的门窗,往屋子里看,只见哪儿都被塞得满满当当的,连立脚的地方都没有。这些什物,估计在雨季又会受潮,蠹虫老鼠就会扎窝繁衍,那可是一屋子的腐败朽坏,让在雨季闭门不出的收破烂的人,怎么办啊?

不料这时收破烂的人回来了,他打开门,反倒招手让我们进去。他从一堆杂物里,搬出一个皮球给我们。

打此以后,我们就老盼望着他的出现。

他是不是个哑巴?有人问。

应该是。你怎么问他,他都只会点头或者摆手。有人回答。

听说不是哑巴,只是舌头被剪掉了。有人接话。

为什么?我们马上问。

不知道。听说他以前也有妻子与孩子的,后来不知怎么搞的,就变成这样了。这人说。

我们便不再吭声了。好像我们也感到了舌头的疼痛。世上有太多我们小孩子不明白的事,而且你越想,会越难过的。还好难过在我们心头只停留一小会儿,好像远山的那点白雪,很快就不见了。

转眼到了雨季,梅子在生长,虫子爬到树上觅食,说不定就住到这梅子里面去。家里的物件,慢慢开始发霉,连墙壁都能渗出水来。灶台那儿也是一股潮气,柴火也是湿漉漉的,半天才能点上火,冒出浓浓的黑烟。

而就在此时,村里的那个疯女人,开始哭叫了。她的声音日夜不绝,尤其是夜间,听得人心里发毛。听说她家还是信基督的。所以到周末,教友们便过来,跪在她床前,唱诗唱歌的,一弄就是大半天。可是他们前脚刚走,她后脚又开始哭喊,撕心裂肺。

直到在雨水最泛滥的一天,疯女人跑到河边去哭喊。第二天,村人在岸边的草丛里找到了她,披头散发的,早已死了。

只是在这个荒凉的村子,雨水要经历漫长的时日,才会停歇。这些畸零的人,也都有了自己的死后归宿。疯女人大哭大叫的时候,村人们并没有觉得特别心烦。煮茄子的人、前朝老公公,以及收破烂的人,这些人越是隐忍、克制,疯女人就越是放肆、癫狂。如今她死了,反倒让世界寂寞万分。

之八·日月

在乡间,丈量一天的时间,用的是日光。

我们房子的东侧,是一片菜园子,没有遮挡。所以,早上的时候,把东头的房门打开,日光就照进房内,就会有一个门框的投影。我就是看着这个框影的高低,来决定洗菜、煮饭的时点。

说是洗菜,煮饭,但对于极其幼小的孩子来说,却是个巨大的可怕工程。因为小人儿不会生火,母亲就在每天出门前,把灶台上的煤油灯点亮。这样我就可以在灯盏上,点燃柴火,继而拉动风箱,把灶膛里的火苗吹旺。

所以我的幼年有许多光。大半天的时间,厨房里亮着那盏煤油灯,它的焰火在呲呲燃烧着棉布灯芯,煤油的微熏的气味,在维护着倾斜和颠覆之间的安稳和平和。

东门照进来的日光，像金子般晃眼，瓦楞空隙里洒下的光，则像银子那样。由于整个房子空荡荡的，黑暗的角落反而被放大了。黑乎乎的家具与什物，躺在阴影里一言不发。

现在回想起来，每次在灯上点燃柴火的刹那，我都担心自己会把整座房子烧掉。可是凭着非凡的专注和耐心，好像没有发生意外。倒是好几次太用心用力了，反而把煤油灯的火焰按灭了，只好使用应急的火柴，可是好像怎么努力，都划不出火花，急得我直掉眼泪。

虽然在乡间，时间就是用来浪费的，人命也如同草木一样卑贱，可是我还是想着，东门的框影在一点点挪移，一日里光阴的走动，还是在我的背脊上发出激烈的声响。时间的咒语，因为有烧火做饭这件事，还是被我听到了。

不过，有一次，差点把房子烧了。倒不是点火煮饭的时间，而是夏天的晚上，傍着挂了蚊帐的床沿，就着另一盏煤油灯，与弟弟妹妹一起，在看一本小人书。看得迷神，不知怎么一抬手，灯盏翻倒，火苗就蹿到蚊帐上，一时间呼啦啦地……

可是，我怎么也回忆不起来后来的结局。应该是房子没有被烧掉，要不我们还一直住着这个房子很多年呢。这是一个多么可笑可恨的事情。就像你记得与所爱的人，有一次言辞激烈的争执，却不记得下文了。你一点也不记得了，直到有一天你阅读一本书，书中的一句话，很像他用过的句子，比如，转过身，世上再无绝情的人。你这才猛然想起，这个人已经不在你身边了。至于他什么时候消失的，为何消失的，你一无所知。你的命运，都是靠别人的记忆来维持的。你这里的人与物与事已经荡然无存，它们只能在他人的只言片语里存活。他人记得还好，他人如若忘记了，也就忘记了。都说一个人真正的死亡，是再也没人记得他了。反之，这个人就一直一直活着折磨你。

用日影，来丈量乡间时光的流逝，在下午，就改看房顶在东边菜园子里的投影。园子的四周，砌上了围墙。所以看着影子，先是落在西面的石头墙上，然后在园中繁重的果蔬枝叶上，再在东面的围墙上，最后它越到邻人的屋子上，这时离夜幕合拢也不远了。

再也没有比在乡间见证夜色降临更加寂寞的事了。夜的漆黑细小的颗粒，像雾水，漫过篱笆与树木，很快把一切吞没。鹳鸟马上占据了某个地方，开始呼唤，兽与虫的声音，顷刻淹埋过来。

所以在我的印象中，乡间，总被一种寂寞笼罩着。在白日，是寂寞的绿色。绿得让人眼珠子快要瞎掉，疯长到齐腰深的草木与庄稼，吞没了阡陌和陋巷。所以异乡人或小孩子，迷失的，走丢的，是常有的事情。在夜晚，是寂寞的黑色。一点点灯火，游离摇曳，很快就熄灭了。赶上明月千里，你不幸同时看到寂寞的绿色，和寂寞的黑色，就忽地觉得，神鬼同时过山过河，你我切忌高声喧哗。

在孤苦的乡村，丈量季节的，则是流浪的外乡人。

外乡人到来，总在春夏之交，在草木茂盛、鸟羽渐丰的时节。最先过来的是算卦人。他时常牵一只猴子，有时是一只狗儿。若是猴子，常常显得比算卦人狡诈。说是狡诈，那实在是因为它显得有点愤世嫉俗，因为它的主人是一副与世无争的样子，一副在哪儿不是虚度此生的态度。而他的这只动物，虽然脖子上也系着一根绳子，却并没有被拴着，可以前后左右活动。可是它就是一副命比纸薄的样子，若即若离，如同算卦人的褴褛衣衫，不能剥掉，披着又徒然无用。所以它就半心半意地表演着，好像一个对自己的半生半世都无法满意的演员，谢了幕，提前等着下一次更加无趣的开场。

如果是一只狗儿，它必须要爬到一个架子上，上面装着一对小铜锣，随着算卦人的说唱，它要将铜锣踩出节点来。它可真是乖巧啊。乡间没有哪种动物，像它那样深谙世故，又无力又善良，手无寸铁的模样。它足掌旁的毛发，都磨损掉了，黑色的鼻尖，微微肿胀。可是你们最好不要见到它的双眼。世上还有谁的眼睛，比它的双目更加无望？那不是绝望，是无望，是比绝望美好许多的无望，你知道的。它踩完了铜锣，就爬下架子，前足匍匐，好像鞠了个躬。这时你最好假装没有看到它的眼睛。这时算卦人就朝地上抛出两对木头的卦片来。是阴是阳，你且听他的解说，你的一生一世他都了如指掌！

你无法拒绝算卦人经过你的庭前，就像无法拒绝一个巫师，或道士，或云游的和尚，路过你的后院。他会走上台阶说，你们家似有邪气，需要一张纸符庇护。他举着竹竿，还没等你反对，就把纸符一下子贴到了你家的檐瓦之下，就像你在某个时刻，莫名其妙就失了纯真，你的命已由他人掌控了，心痛无助都无济于事，只得光着脚，踩在玻璃碴子上前行。

接着来到乡间的，是补锅匠。他实在是个能巧之人。一把做工精细的锡制酒壶，出了一条细缝；一个搪瓷小缸，掉了颜色；一个高脚陶碗，磨掉了金边。在物资稀缺的年代，这些物件都交予补锅匠，他总有办法把你的东西收拾得跟崭新的一样。在极其幼小的年龄，看到有邻居动手打架，男子把他们家的饭桌砸烂了，女人在一旁哀哀地哭着，心想，也许补锅匠都能给修好？及至成年后，在美洲的教堂，看到他们发给信徒的口袋里，装有橡皮擦、创可贴等物，才知要抹去记忆，或止血救伤，不过是传教者的一厢情愿罢了。

而后来到乡间的，是货郎。他挑着一个货郎担，串街走巷地叫卖。说是叫卖，他好像也没有赚回银钱，多数时候，只是用一物换取另一物。几管用完的牙膏壳，能换来一颗硬糖；秋天时几把稻穗，能换来一个柿子；一把剪下的青丝，能换来几个发卡；或者用一点更珍贵的东西，能换来一尺蕾丝花边。在来来往往的异乡人中，有这么个货郎，好像每年都来，来的次数多了，慢慢跟邻里也熟了。是个微胖的小个子男人，有点敦厚。于是天热了，也会坐下歇一歇，母亲便给他端出一条凳子来，又端一杯水来。他便坐定，几口干了，用他的毛巾擦了脸，便开口说话。

不料没过多久，母亲便陪他抹起眼泪来。也不知道他到底说了什么，只记得这个货郎，用他粗糙的胳膊挡住眼睛，坐在那里，老半天起不了身……

与这些命若微尘的人物比较起来，卖马奶的人，是最逍遥的，也是最受尊崇的流浪者。因为他牵着他的那匹白马，像保护着他的王,把一切荣华富贵都要赋予他的宝物。当然,他从来不会骑在马背上,相反,他总是喂给它最好的食物,在一旁,耐心等着他的马,迈过石块或涉过水坑。他看着他的马,像一个穷途末路的人,看着他的知己,一副舍命为君子的虔诚模样。不过,他的那匹白马,确实是谦谦君子的模样,虽不言不语,却似乎与他气息相通。所以,每每听到马脖上的铃铛响起,我总是跑过去,远远地看着他与它过来。优雅无双、情义无双的这一对,引得我羡慕不已。

在浪迹天涯的外乡人里,如果有做木活的,编竹制篾的,成衣裁缝的,母亲就会挽留他住两三天,把家里相关的活儿,一桩一件,都吩咐他做了,同时给付工钱,准备饭菜,好生招待,这也是礼节所需。特别是制衣的师傅,似乎总是燕子飞来的时节过来。一家子里里外外,用碎银子买了各色布料,交由他又是测量,又是裁剪,一台缝纫机嗒嗒开响。没几日,燕子们也在梁上垒好窝,轻声细语地,窃窃私语地,讲着绵绵情话,而我们的新衣也缝纫完毕。试穿的时候,天气晴和,暖风吹面——我们因为这些世俗琐事,暂时满心欢喜,把这一年的愁苦都忘却了,稀里糊涂地又有了隐隐的新盼望。

在经年累月,来了又走的外乡人中,还有修伞的,补鞋的,打铁的,制烧酒的,卖小鸡的,箍桶的,做泥瓦的,磨剪刀的。磨剪刀的人,总让人失魂落魄。因为新磨的剪刀,说不定被一个女人拿在自己手上,刺向她自己的心窝。这正如一个去往村中商店买农药的人,本来是计划给后院的果树除虫的,因为突遇一件伤心事，竟然一仰脖子，全喝到肚子里去了！

当然，最让人坐立不安的，是卖空心草的人。空心草又名灯芯草，长在水边滩前，秋时割了晒干，可以入药。我到今天也不明白为什么，当年乡间也不常见卖草药的，唯独经常有卖灯芯草的走街串巷。我那时刚好患了气喘咳嗽，母亲左右伺候不了，整天愁眉不展，刚好听说灯芯草可以治疗，就整日在路口等着，盼他过来。当他临近的时候，远远看见他挑着两捆枯白的灯芯草，在前路一瘸一瘸地过来，当他喊"空——心——草——"时（灯芯草是空心的），母亲告诫我说，你千万千万不要问他，世上怎么会有空心的草啊！

为什么不可以问？我会追问，母亲就跑过来，一把捂住我的嘴巴，抱我在怀，进屋了。你怎么可以责问这样一个问题？！

你如果当面问他，世上怎么可以有空心的东西，知道吗，提及空的心，你就会死。多年后，母亲说。

这是个危险的人，我想，比传说中的那个穿着麻布衣裳的人，还要危险。那个麻衣人在屠城前，突然夜访城池。他装扮成一个打零工的苦力，挨家挨户乞水喝，谁家拒绝了他，他就在那家门楣上方，偷偷做了记号。

到次日，被做了记号的那些人家，都被屠杀殆尽了，一个活口也不留，书上就是这么说的。

之九·生灵

那天刚好是立春的前几日，刚好在江南。我们几个，碰巧二十多年没有见面了,突然相见,一时又是害羞,又是惆怅,不知如何打发时间,于是便移步到附近的一个名僧纪念馆。

毕竟是僧人以前修行的地方,现在也住着一位僧人,独自看管着偌大一个园子,所以哪儿都是干干净净的。你可能听说过,说你现在之所以还活着,是因为有人已经为你死去了。这话不无道理。冷落的屋宇,青灰的瓦当,说寡淡是寡淡,说无情也是无情的样子。可是园子里,手植了很多蔬菜,一片葱绿;周边山坡上,也种了漫漫果树。所以,倒没觉得,这是一个让人特别绝望的地方;相反地,它透着一些细小的温和,一些不得为外人所知的微薄情谊。

这时忽然不知从哪儿过来了一只小猫,绕到我跟前,健硕精灵的样子,不像是流浪的动物。在一旁陪着众人的寺僧便说,这猫可通灵性了。我这才知道它是寺院的猫,所以刚才说,寺里就只有一个僧人,看管着偌大一个园子,看来是说错了。

没想到,它拱着黄茸茸的腰背,蹭着我的脚尖,不肯离去。我不忍心,蹲下身子,它竟然想触碰我的手掌,一边拿一双眼睛望着我。那眼珠子是一种湖绿,是水中植物的颜色;可是,我再看,又觉得是淡灰,是鸟尾末端的灰色;因为是空灵的灰色,我最后看时,便认定那是透明,也即没有任何颜色。

回江南之前,我因为长期过着与世隔绝的生活,性情也变得离群索居了。所以当这只生灵向我示好时,我忽然有些慌乱窘迫。当然我也观察世俗生活,悄无声息地观看人与物,却不知从什么时候开始,无端地就认为自己大概不会被人喜欢,认为自己只能与没有生命的事物亲近了。可是那天这只活蹦乱跳的生灵，莫名就对我去了戒心，就愿意与我有肌肤之亲，反倒让我不知所措。可是，说来也怪，寺院越是空寂，这小猫的一举一动就越是活脱；草木越是隐忍，这生灵就越是奔放。正如我曾听说的那样，一个人之所以还活着，是因为别人已经为他死去了！

这样想着，饶不过这小猫万般无赖，我便伸出手来，抚了几下它的头顶和背脊。它高兴地在地上打了几个滚，忽然一溜疾跑，蹿上石阶，越过山墙，不见了。我的目光所穷之处，哪里还有它的踪影？黄昏的薄暮已降，也没人掌灯，靠着剩余的一点天光，看见大寺的檐角投下苍茫的阴影。庭中正好有一口水池，一行人就散落在池边的栏杆上，稀稀拉拉的，与寺里唯一的僧人应答着，有一句没一句地闲谈着，大家知道就要告辞去了，所以一副惘然若失的样子。

过几天，就立春了。那时我已离开众人，独自投宿在一个山村。那个白天，看到有村人，砍了成把的柴禾进村。因为快要春天了，南方腹地早已苍山转翠。所以村人的柴禾，也凌乱夹杂着已经抽芽的树枝。按风俗，应该到夜晚，在自家的门前，把春枝点燃，一家老小都出来，大着胆子从火苗上踩过，这也许就是踏春吧。

立春的夜晚，总有一种虚晃的感觉。柴火噼里啪啦地燃烧着，也似乎照见了一些莫名的胆小，使夜的黑块更加巨大。空气中飘忽着一点烟火味。对于新春来临之际，仍然手足无措的我来说，竟然想起了几十年前读过的一行诗文：

蒙特卡洛的夜啊

如果你烤火的松枝不够

就把我的脊椎也要去了吧……

　　第二日午后，因为想念山上发芽的春枝，我就打算出村子，找一条古道走走。不料出了村口，竟然发现主人家的小狗，也跟着我过来了。

　　这条小狗，怎么就认得我了？我是前一天住进来的，当天忙碌，也没有与它周旋，不料它已暗中把我记牢了，而且什么时候一路尾随过来的，我全然不知。我这大半生，对待很多事情，都是谨小慎微。待人接物，唯恐有负对方。但纵使这样，还是不免苍天负我，或者我负苍生。

　　所以当时立即停下来，一边把它呵斥住，一边对它说话，要它回去。不料它固执得很，好像听到了，故意不服从似的，竟然一路跟到溪边。我打算到对岸去——跨过溪上一座狭窄的石桥，迎面就是一条狭窄的石头古道，隐藏在满山的繁枝茂叶中。

　　没有办法，我只好停下来，陪着这只小狗。因为我也不知道，自己在这个立春日的去向。我想着自己会往上攀爬，可是在对岸山崖边，我看到一行小字，好像是山上一个民宿的提示，所以我也许会在上面留宿。小狗出来不知所踪，主人是会着急的。我也想到要去弄一根拐杖。植被如此深厚，虽然离惊蛰尚远，虫蛇还未出来活动，可是有个支撑也好，古道上的碎石，可能会让我随时滑倒。可是还有一种可能，我忽然想到，几十年前，一位好友的兄弟，也是在初春的下午，说是出去爬山，从此一去无回。他的家人朋友，漫山遍野地去找，断崖下，溪涧旁，哪儿都找过了，就是无影无踪……最后人们想到了水库。那是春天里一个巨大的水库，人们竟然把它的水全部抽干……

太多无法预测的事情，太多超乎你想象的走向。我对小狗说，真的说了老半天的话。反正春天的山边，空无一人。鸟在说话，草木在说话，云的说话则被溪水的说话盖过了。我的脑子里，有十个声音在说话，我的心，则有一百个声音在说话……

最后它似乎也听懂我的话了。在溪边，我忽然觉得把它赶走，是一件无情的事情。可是现在的无情，也许是永远的长情使然。最后我假装决然地步上石桥，头也不回地走了。在那条古道拾级而上一会儿之后，我透过掩映的树枝，悄悄回望那只狗儿，见它怔怔地坐在石桥那头，一动不动。过了好一会儿，它也终于走了。我一直看到它褐色的尾巴消失在村子尽头，才转身继续攀爬。

从南方回来以后，我像一个活过来的人，又将慢慢死了。今天我在城中的一片草地边上，意外地听到流水的声响。原来是一个园丁，打开喷洒的皮管，开始浇灌干涸的花园。可巧是个懒散的园丁，也不知道躲到哪张长椅上打盹儿去了，任由皮管在哗哗地往外淌水。可巧来了一大群鸟雀，什么品种都有，在迷乱的水花下穿梭，在潮湿的草地上奔跑，在低洼的浅潭里洗澡，好不热闹！

最傻最天真的，是一只脸上长着白斑的小鸟，好像是平生第一次见到水花,所以大叫着,冲进来,摔倒了,又爬起来,再次扎向水坑,没想到水这么浅,才弄湿了一只翅膀,所以立即飞升,又再次冲下来,这次也许能溅湿另一只翅膀……

看到这一切,我没想到自己大声笑出来了。我忽然想到那个立春日,一个人从山上下来,拄着树枝做的拐杖,竟然看到主人家的小狗,就坐在溪边等着我。我远远就看到它支起的耳朵,它像一个固执的爱人,那种为了我,负天下于不顾的模样!

想到这儿,我加快了步伐,朝着眼前的鸟群走过去。我虽然身体疲乏,心地荒凉,可是一直认为自己还是个纯洁善良的人,渴望这些来自天堂的生灵,能够像我在南方遇到的生灵那样,容得我去亲近,容得我视它们如左手右臂的邻人。

可是,刚一靠近,所有的鸟儿,全都飞跑了,一只也不剩了。

之十·投宿

今夜,我在山中投宿的房子,位于去年投宿的那幢房子的后边。唯一不同的是:今夜我要独自一人,在一所大房子里度过一个黑夜。这里的黑暗如此浓稠,并不奇怪:从黑暗的宇宙开始,到此刻被黑暗吞噬的东半球,到被隐秘笼罩的亚洲东北角,到围绕这个东方古国的远山逝水,此刻无不被黑暗层层包围,不能自拔。

刚才还隐隐听到狗吠,现在是万籁俱寂。每当此时,我就感到耳朵里有千万虫鸣在一齐发作。这是一种不可抗拒的幻象,千万条虫子,移动千万足,难免不会发出震耳欲聋的轰鸣;另者,虫子在大迁徙之时,突然发生了变异——因为要让这么多虫子步伐齐整地,压抑着傲慢与偏见,掩藏着自尊与自由,担当共同的家国命运,那将是多么不堪的局面——所以它们在某个自救的瞬间,突然亮出了斑斓闪光的翅膀,变身为成千上万的彩蝶,齐刷刷地向着窗棂扑腾而去:此时此刻,好像整个大陆都受制于它们的牵引效应,万事万物都在惊速位移,而最致命的是阻隔我与外界的一窗一墙开始沦陷,无边的黑夜向我凶狠扑来……

难怪周作人在《山中杂信》里写到了嬉闹的日间场景。我想他指不定与我一样,在暗夜惊见到罕见的万般寂静,才不得不想及这些世俗的细节:他栖身的山寺,有个小和尚偷了寺里的法物,被寺院的方丈叫去,好生一番盘问,最后打了几大板,少不得撵出山门。周氏也埋怨所受的蝇蚊之苦,以及络绎不绝的香客而起的喧嚣之苦……在我当时读来应是窃喜之乐的,在他眼里,竟成了苦恼。可是此刻,我忽然明白了他的意思:这些薄如初霜的嬉闹,原来是为了抵制漫无边际的死寂而设想的盛大幻象。

除了寂静,山中投宿需应对的第二件事,便是寒冷。这里原是一个学校的宿舍,我睡的是格子床的下铺。棉被之上,主人又给加了条棉絮。在南方的偏远之地,万事仍然按照古老的礼仪进行。比如松木的床,来自绵延不绝的枞树;使用棉被,也取自这里的民间传统,不仅贴身保暖,旧时老街上开有弹棉作坊,制造也是方便。窗帘是一块有植物花纹的土布,采自古远的手工蜡染。在这里,日间纵使春阳催人老,夜间也是料峭阴寒湿。所以此刻的我十指冰冷,几乎不能写字。而我深信这是阴阳两界界限分明的结果。

在南方腹地，深入事物肌理的传承，或宗教，或巫术，都要给死者的属地以崇高的致敬。而这些绵长的习俗，一直深植在广袤的民间，并不因改朝换代而销声匿迹。比如活人在世，要早早地为自己看好一块墓地，逢年过节也不忘洒扫；比如要为自己打好一块棺木，一直雪藏至终老之日；比如撒手人寰入土之前，家人必去仙姑术士那里，招其魂魄过来哭诉一番。举凡识字读书之人，必究家谱，重祠堂，虽不如市井那样功用，也另有倚重。修方志，集邑中掌故；吊古追怀，把玩旧时器物；习字必论高古，抚琴必言门派……其无微不至、无所不及的程度，不亚于以下细节：清明冷食用的野菜，要在节气之后的第几日采摘；祭祖的海鱼，要在退潮之后的第几个钟点捕捉；中秋良节，在哪个时辰适合请香上案；大年之夜，要朝着哪个方向作揖发愿……在我看来，这一切，都是对已死之人、已衰之物的炽热礼拜。

所以此时夜晚降临，正是阳界生活结束，阴间万物盛举之时。我的彩蝶早已突破门窗，朝着来生的方向翻飞而去，但是不清楚它们是誓将延续今世，还是转身摒弃此生。它们像穿上新衣的人物，踌躇满志阔步而去。可是我似乎又觉察到它们的滞留，它们遗下的虫子之身，正以慵懒的姿态，慢慢碾压过我的眼皮。可是我竟然没有尖叫，我为何就不惧怕它们了？

我记起去年来此山中，主人也曾让我单独在此房过夜，没想到被我一口回绝，理由是自己胆小怕黑。可是今晚我想都没想就答应了，因为我或许忽然明白：虽然四处浪迹，可作为被南方水土喂养之人，对已死之人，已逝之物，我是根本无须忧惧的。这些虫子，实际是蝶的尸身；这些松木什物，实则是葱翠的松树尸身；这些无力的棉絮，曾是盎然的棉株尸身，如果说它们曾与傲娇的云朵为邻，那它们也是云朵的尸身；而在狭窄坚硬的床板上躺着的我自己这具忐忑不安的肉体，它幽冥的蓝色血液，正与暗夜的飞禽走兽，与孤魂野鬼，一同循环绕转，何尝又不是我的昨日尸身？我不惜"觉今是而昨非"的种种行为，其实是拒绝领受自己的尸身罢了！可今夜的寂静与寒冷，如此单调纯粹，饱含坚忍与耐心，使得岩洞中的修行者，或地窖中的炼金士，突然得到了烈光乍现般的启示——我必在自己的尸身之上，获得重生；而我的救赎，就是求得自己的宽恕。

说到寂静与寒冷，离京前几日的一夜，才是极致。当时几近凌晨时分，推窗时忽见明月高临，外面是天寒地冻，立时发现自己全身冰冷，因而忽然想到，要是现在的我是一具尸身，是一副遗骨，弃在一个黑暗的角落，那该是怎样的孤寂寒凉？

又想到年前的京中，偶发轻级地震；无雨无雪，长达三月之久；加上极寒天气，滴水成冰——种种逆象，可谓史上少有。虽在所谓盛世，不乏杯弓蛇影，草木皆兵。所以放浪形骸，滥饮纵殇者无数；其余的或装疯卖傻，或徒手论道，或养菊花，或归桑麻，每每声塞语咽，顾左右而言他。而我好奇的是自己何以在盛年不再之际，在偶然投宿的空山寂所，获得罕有的一点安定？

原来在晚饭后，有几个客人，在主人的厅堂闲谈。出于机缘巧合，座中有人突然问到生死问题，恰好有一男客，颇懂古代的修为行动学说。他便慢慢答来,一席话,如淙淙流水,让大家都得了些温软光泽。

末了,客中有人合掌祝愿平安,众人也纷纷道了晚安,渐次退去。此刻我才知道,正是这点从容,如烛火燃烧着,刚好足够我在暗夜把这些文字记录下来。

2017 年

旧文

之一·乱坟

十多年前，乡间的房子还隔得很远，很疏散，走不上几步，便会碰到一处乱坟岗。

春季里草木荒芜，我们站在自家的院子里，准能看见不远处的乱坟，二三分田亩光景，乱草丛生，上面植着三四棵野树，大都是些瞧不上眼的桉木、乌桕之类。可是一到秋季，桉木、乌桕相继凋零，仅留下干树枝张在风中。那时刻，西风强劲，阴云压顶，村上的房子又小又丑，只剩下乱坡上的干树枝辣辣地熬立着，看了可叫人惊心了。一时间已是门户开裂、蓬荜飘摇的深秋。天空突然蓝得像块玉，蓝得叫人心慌。有大鸟呼啦啦飞来，落在这干树枝上，竟日撕心裂肺地啼呼，引得村人纷纷走到庭外去倾听，好像天要崩，地要裂，世事和业绩都要溃毁，那种担忧可真是催人啊。其时老小都聚到了路口，远远地观望那乱坟堆。那大鸟像鹰，又像鹏，声如老鸹，双翅墨黑，嘴喙奇大。远远地我们不知它是何物，因何而来，为何停留，只是它如此这般哀号，即使是铁石心肠的人，听了也会柔软！

十多年前，我们去上学，都要经过一片乱坟堆。我们把大部分的光阴蹉跎在这片野地上。那时我们伫立在风中，指点乱坟，迷惑而悲伤。我们会说："猜猜看，那里面躺的是谁？"说过了大家都沉默不语，小孩子影影绰绰立在野地上，感到心地荒凉，束手无策。间或庙里传来钟声，我看见一个小女孩突然转过身来，惊呼道："快跑呀！"大风吹起她满是补丁的衣裳，她一跑，就露出腿上的白肉，在寒风中晃荡。

村中人逝亡，都行土葬。但先年还有一种习俗，人殁后，家人会置其尸于棺木中，用木架支起，在荒郊上盖稻草成棚。到雨季之时，乡村呈现一派地老天荒的样子。穿布衣的农人，会在雨地里站一会儿，看看那棚是否无恙。一边是铺天盖地的淫雨，一边是自家在世的孤苦心事。曾经是灶前灶后相呼应的、耳鬓厮磨的亲爱者，一下子置身于棺木中，寂寥千古，世间还有比这更荒谬的事吗？这情形怎不教雨中站立的那人肝肠寸断？这样，他恐怕要站到黄昏时分，到雨稍稍歇止，他才慢慢起步离开。那时，村中水汽弥漫，田亩和房舍，回光返照般闪闪发光。那人一边走一边不断地想："唉，这样的雨啊，这样的雨啊，真不知棺中的人已烂成什么模样了！"悉心关照这个人一如生前，可见其寸寸宝爱，可恨生死已成两隔。所以祖父说，那些乱坟堆，多半是棺木棚经年塌陷而成的，我才信了他；还有的，恐怕是当年造反被斩的或日本兵被人杀了，乱埋而成的。到灾年，村人病逝的，婴孩夭折的，少年早亡的，或者外埠的汉子客死村中的，都一一埋了，遂成现在各处的乱坟岗。我们感到心中戚然的是乱坟成乱骨，长年无人哭，清明无人祭，所以大鸟替哀之；我们又感到欣慰的是乱坟成乱骨，与尘土同化，共青草枯荣，无牵无挂，落拓自由，又何尝不好？

1993 年 4 月 27 日

之二 · 族中的逝亡人物

族中不断有人逝亡，一时茫然。

最早意欲自戕的是大堂哥的妻子。那个冬夜他们新婚。十年前吧，生活贫困，靠卖稻草和捕捉海货度日。那夜我突然听到杯盏碎地的裂响，那一声在荒凉的冬夜听来特别瘆人，接着是她的一声尖叫。村人哗然。一夜嘈杂之后，到清晨她已绝世，用冰凉的床单裹了身子，躺在庭中的空地上，许多人围观。

也许她是想把生命像纸球那样掷出去，这样的结局对她来说简直是一种诱惑。新婚之夜，也许她感到自己的少女时代像玻璃一样破裂，来日漫长又凄苦，真非她能承受！她那时才双十年华，血色鲜丽，性情刚烈，一想到绝处便于暗夜起身，饮下毒药，手落盏碎，仅瞬息之间。

当时年少一辈中自戕的，大都不到二十。有一位大概十七岁光景，因为气盛，与父兄起了争执，便不惜制了毒药，断然而去，那结局让所有人震惊。可我知道那样的生活：半间茅房下长大的少年，怎经得起贫穷和愁苦的侮辱？最可怕的是连希望也断了，父母年迈，人情菲薄；庭前畜生嘶吼，后院荒草弥生。这样的年月，叫少年怎样处置？十年前，能活过来的都属不易；而死去的，用双手自绝于生命的，我又能对他们说些什么？逝者如斯，一如村中的河川。而我愿记取他们离去时的场景，心若欲死，何人能够阻挡呢？

这样估量一下，那几年里，族中自绝于世的，竟不下十人，好不毅然洒脱。每每想到这些，都是些月黑风高的夜晚，空室里只有我自己和一枚灯盏，几册书，心中禁不住忽而悲壮，忽而柔软，扼腕可叹。

在老者当中，七十岁以上，竟还有人悬梁而死，可真为他弃绝生命的勇气所惊惧。族中爷的堂房三弟，住在村北，膝下已有儿孙数十人，可仍然疲于奔命。那时候物资奇缺，人人都得自己活命。他与老妻，远离儿孙，住在一间茅屋里，靠近村中坟地。到好天，太阳妖烈，他老妻就在房前的枯树上拉出麻绳，刺啦一声，晒出他的灰布衫，结满了补丁。他老妻也是个执拗的人，到老不改脾性，他是忍了大半辈子，可是上了七十岁，忽地像个小孩那样，突然地不能容忍一切了。到某日，他老妻像往常那样多唠叨了几句，他竟然备了绳索，在后梁结束了一生。

殓尸时，爷失声痛哭，说从没见过你这么偏的人。族中人不知所措，也于一旁落泪纷纷。时值夜半已过，一行人拖了棺木，就近埋在坟地里。隔天村人看到他的老妻，仍然横眉竖目的样子，只是驼着背，步履有点踉跄。如今村人仍然记得：当众人破门而入时，见他青衫青裤，赤着脚，老骨一把，临窗而吊的惨状。

1993 年 5 月 13 日

之三 · 戏庄

突然想起那种时光，雾气骀荡的春夜，一台戏在庄上开演。其时村中人都聚到场子上去了，只剩下月光白白地照着村中房舍，云淡星稀，水远山小，只隐隐听见丝竹在那边呜呜地吹，直叫我们悲喜交怀。

　　清明过后，天气乍冷还暖，在自家的屋檐下可看到田地里的雏鸟，打土堆里突然惊飞，它小小的翅膀，歪歪儿地叫人担心。而前庭后院的柳枝，丑陋聚散，三三两两，随意地抽枝吐芽，它们又怎知春天里的情天恨海呢！那时村人正袖着手，计算着这一年的春戏。想想就这些房子，就这么个村庄，就这些人来来往往，他们的生活可叫人切齿地不解啊。

　　早在开台前，就有汉子搬出新劈的尺厚台板，铺了戏台。戏台高约六七尺，戏台中烧了一堆火，上面架起新折的青枝藤条，算是祭过春神和先祖。台上张罗的幕布，多用藏青色，有一回还用湖绿色，犹如猫眼的那种颜色。那一回记得特别深刻，丝弦一响，那戏子便白衣素裹，慢慢移步到台中，突地一声悲啼——她眉目分明，青丝垂地，在猫眼色的幕布下，孑然一身，两两映衬，看了好不叫人惊心。接着她哀哀道来词曲，全是越语吴音，说是身世凄凉，冤情难雪；一边抬手投足，从罗衣里伸出很瘦的手，捉了裙襟，竟呼起天地来，一声未尽，早已泪如泉涌。白炽灯下，她漠然的脸上坠泪纷纷，几近于声息气绝，村人料不到她会这样动真，全都倒吸了一口气，年长的唏嘘不已，而村中妇孺早已陪她饮泣噎声了。

　　那时候已是月到中天了，月是分外的渺小，管弦失哑，台上台下，凄然共此一刻，那情形真真叫人心折！好像时光倒流，看她做那世的女子，道那世的离缺，牵衣顿足，可丝丝毫毫全是今世的苦与哀。

至于戏子，都是岛上来的子民后代，每年开春到陆上各地，轮流出演。小时看戏若有调皮，母亲一定唬我说："不听话，就送你到岛上当戏子。"我便吓得不敢出声了，悄悄溜到一边去，混杂在人群中，仰着头，目不转睛地盯着台子，心中大悲大喜。

十几年前春天的戏班中，有个扮演小生的人，出落得眉目清奇，凡上台，必是气宇轩昂，玉树临风。只是台上台下两两相隔，纵然慕恋这个少年，也是咫尺天涯。后来忽然听说，此人是个女子，还怀着孩子呢，顿感惆怅不安，不知她如何避过岛上的风浪，随着戏班子四处辗转。还说她的爱人，就坐在台侧，就在那操弄丝竹管弦的队伍中，吹得一口好笛。我便琢磨，她的爱人，必定每吹一个音符就看她一眼，看她粉墨登场，捏着那管命根子一样的竹笛子，一边心想：真是命若琴弦，命若琴弦啊！

戏台上也有诙谐的事。一般只有生旦才有像样的头饰、衣装，兵勇丫头只能凑合。前台在演着，后台扮演丫头的血色鲜丽的女孩儿，就会掀起幕布的一角，自管看起戏来。那丫头一副痴相，我们都以为她傻。演到万人混战的沙场，一般只出来四个兵卒。他们都没有靴子，穿着岛上带来的布鞋，露出一截自家的袜子来；也不着盔甲，只在自家的毛线衣外面，罩上一件有"勇"字的短袄，村中人不免心中暗笑。有一回有个奸臣模样的人，居然捉了双绣花鞋穿在足上。想想一个黑脸黑袍长胡子的人，虎背熊腰，竟然蹬着绿缎子红绣球的软底闺鞋，岂不好笑！搬道具的也是这样。常有个穿便衣的男子上来，叼着香烟，一副莫不相干的样子，慢悠悠地挪走桌椅，那边官兵追杀出来，锣鼓喧天，这个人仍然叼着香烟，慢悠悠地走回后台。其间两种人物相杂，全不碍事，叫人好生奇怪。

最可心的莫过于小丑了。上来时扣个小帽子，画了两撇小胡子，眼睛会滴溜溜地转。先自报家门，讲一串笑话，句句都是大实话，引得村人鸣掌哄笑。而一旁的书生默立如诗，少年肌肤明亮，明眸皓齿，直教人怜惜他的风韵华彩陷落于浊世污淖。

转瞬之后，剧收悲尾，其时人声屏息，只有月光白白地照着村中房舍藩篱。春夜静默，寸寸光阴于水上脉脉流走。我们不禁怦然心动，感到神走过心中，雾生在海上。已是月近西天了，更觉山小，水远。

1993 年 4 月 16 日

之四·草木的事

庭院的树应该有三棵，一棵是苦楝树，一棵是栀子，另一棵是杨柳。这是我一直料想不到的事：十几年的风风雨雨之后，待到我想来说说它们的时候，已经一棵都没了。

苦楝树

苦楝树是房子落成时植下的。造房子那阵，我才三四岁光景。村里来了些帮忙的，族里一位远叔的岳丈掌的刀凿，做的司爷。帮忙的人大都是汉子，有好几个驼了背，全都是青灰布衫，用酱色的粗麻布扎了腰眼。当时众人干活都用手，用手挖泥，用手抱石。石头冰冷，搁在他们的胸前，每挪动一步，必气沉丹田，双目炯炯；到吃力处，青筋暴起，脸如乌鸟的黑翅。

其时，曾祖造的清朝的木楼已被拆成一片废墟，打灰尘和湿泥块中，爬出好几只毒蜘蛛和大蜈蚣，皆被族里的一个老者捉去，在日头下用锄头砸死。

又来了些婆子，在灶下帮忙。于西面的荷池边临时砌了泥灶，旧木材在灶膛里噼里啪啦地响，火光冲天；顶上用旧篾席扎了个棚子；又寻得钢管一根，插在泥灶中用来通风冒烟。春天时东风正紧，婆子们在泥地左右、灶子上下忙碌，伊们露出笋白的手臂，拿盘碗的，掷刀板的，摘菜梗的，交错一片。有个婆子年纪尚轻，戴了个贼大的金耳环，脑后是乌油油的辫子，加上身段婀娜，众人都喜欢，见了她就嘻嘻地笑。她走路也特别顺当，犹如鱼背在波里打闪。

可能也是现在这个末春的时光，粮食稀少，很少的几个硬币，藏在贴身的布衣口袋里，当宝贝藏着。种了些甘蔗，倒还长得健旺；又在东河岸上，沿坡培了几行蚕豆，也粒粒饱满。小孩子便贼眉贼眼起来，整日盯着那豆子嘴馋。母亲会拢着这些小孩子，弯下腰，轻声咬耳道："谁偷了一粒豆子，就休想吃到我家新房子上梁时的馍馍。馍上有三种颜色，细白的米粉做的，可好吃了。"小孩子们狡猾的眼珠子转来转去，似乎信了她的话，于是成日跟在我的屁股后面，指望房子早点落成。有一天，在草垛那儿，一个小男孩抓住我的手说："我饿得咕咕叫，你听。"他一边撩起上衣，让我看到他小肚皮上一根根排列的肋骨，吓得我说不出话来。"你去偷两个豆荚给我吧。"他哀求道。"不行啊，"我答道，"不过等到我家上梁时,我的馍馍都给你。"他点了点头,使劲咽下口水,像个小大人那样站着,懂事、乖巧,小灰布衫在他的身上,被风扯着。

弟那时尚在襁褓,母亲总背着他做事。三更时分,她才合了个眼,四更便要起来。先是自家烧沥灰。将旺火闷在石灰中,再到荷塘挑水浇灰。她那时背着弟,在清晨的星子下走出门户,大木桶在水池中发出蚀骨般的声响,那种安静与喜悦只有她自己晓得。她又叫爹爹趁天未亮,到东河边摘了把豆子,和在米饭中煮了,给汉子们备上早饭。舅那边的山上,出上好的条石与片石,又有上好的黄泥,刚好伴石灰用。汉子们将石头连夜装到木船上。村中就一条大清河,水宽流深,这边天未拂晓,春枝沉睡,那边的汉子早已放了船,顺流而下了。有个汉子爱唱曲,唱得好听,我才蒙眬睁开眼,在被子下问母亲:"那是什么曲儿?"她说:"甭管,他爱唱就行。"又问:"为什么唱?"她答:"唉,赶夜路的人独独的,唱曲解闷。"我便一声不响了,只是侧着耳,一心倾听舟子上那个人的诉语。我在那么小的时候,就懂得大人为什么难过了。那汉子独自撑了一条船,大清河广渺黝黑,夹岸的豆麦也青得黝黑,加上水声,加上橹声,夜雾中这个人的声音,就越发迷离了。可在流水的转注中,又有多少人直起腰板,能看到日升?

后来我想,幸亏那时有青草,有豆麦,有木头与石块,还有那建造中的屋宇,晨曦般照亮村人的额头;否则,忧伤的人到哪儿听曲,沉默的人又到哪儿放歌?

到天亮,汉子们上岸用饭。他们捧着粗瓷瓦碗,稠粥里撒着蚕豆，那味道亦清苦亦香甜。我在桌子的下角，看汉子们用舌头舔干碗底之后才站起身，去做一天的事情。似乎还记得母亲背了小弟站在门里，汗水涔涔的样子，一边抬腕擦额，一边招呼微笑着；而一旁的爹爹于慌乱中转来转去，兀自低了头，一副不知如何是好的样子，至今也历历在目。

也不知谁种下的苦楝树，也不知谁赠的树种，谁浇的水。也许根本用不着浇水，苦命的树都能自生自长。这以后房子落成，又是几十载的风吹雨打，泥毁墙坏，而青石尤青，木板脆薄。我问爹爹："现在它算老房子了吗？""可不是，谁也没料到时间过得那么快。"他站在房前望着，额上的皱纹又黑又深。

春天时苦楝树逢风便发，一发花便是满树的紫色芳菲，小朵小朵的。做小女孩儿的特别细心，每年都是我告诉他人，这满村满巷的清芬，都是我家的苦楝树蓄下的。冬季里，枝叶褪尽，仅剩得黄果几串，悬于枝头，至三九不落。爹爹在树下劈些枯枝做柴火，我便跑过去抱住他的腿说："可不许你把果子弄下来。"有一次风吹下来一些，我抢过去就放在嘴里，哪知竟是苦的，被爹爹笑了一回。

三年前，因为邻人侵地建房，加上叔子的怂恿，便把苦楝树砍了。我们回家时，仅看到一个老树桩，凄凉地弃在阶前。不防中见到老屋倾斜的檐角，坍塌之日料也不远了。想不到这几年我们承受了这么多苦难，这许多的苦难都一步步走过来了——想到这里，心中暗喜，于泪眼里悄悄地笑了。

栀子

栀子原先活在庭中。

姥姥死那年，她的气息飞走，衣衫顿乱，手足冰凉。葬后，母亲从她的后院挖来这棵栀子。当时还不及手指粗，尚沾着姥姥后院的湿泥。姥姥以前悉心照料花木，她的咳嗽，她行步的细声，这栀子都是听到过的。那是1977年的事了。

栀子每年仲夏发花，奇葩异香，邻里都感到吃惊。我会采了栀子花，装在清水瓶中，置于旧屋的暗角里。白日里光线虚阴，人在旧屋行走，冷气飕飕，衣褶窸窣，总能看到白的花影，随着异香四处潜游。异香是个鬼魂，如狐女，伊在旧屋里出没。伊懒了，就在阁楼歇一晌，一会儿又翻飞出阁，身影飘忽。至日影西下，黄昏于刹那来临，庭中早有一撇月影儿，只觉得青溶溶，照得烟树凄迷。那中庭的栀子树，托着上百朵花骨朵，可真是绝世少有的婀娜。

夜晚我们坐在星子底下，感到与月华这样接近，旷野这样深远，有一种溺水的感觉。我们的村庄显得孤苦伶仃，而我们呢，孤零零地被苍穹与旷野包围着，胆小心细，连说话都不敢高声。夜深一点，就听到栀子的花苞在节节活动，又有些花朵要钻出叶缝了。母亲说："听啊，那是它们在闹呢。"

"它们要闹到什么时候？"我问。

"到天亮才不闹呢。"她答。

"我们睡觉去了，谁来陪它们？"

"有星子呢。"

"星子落下去了之后呢?"

"星子落下去了,还在水里惦记着它们。"母亲笑了。我们都相信,地底下是一片无边的水域,太阳,月亮,星子,都要从西边落入水中去。

于是我们睡觉去了。姥姥走了,还有我们在;我们走了,还有星子陪伴栀子。

没料到几年后,我们被迫散到了各地,老屋也无人照管了。几年后我们回来,栀子从簇簇一大株变成一个杆儿,没剩几片叶子,也不再发花了。至前年,兄弟出门谋生,走前放心不下,硬是将栀子从前庭挪到了后院。他走后不到半月,那栀子便死了。

如今我们还苟活着,而栀子已经死了。有时觉得它的花魂就躲在槛内门后,待我一走进去,伊就漾足而出,向我诡笑。

到那时为止,姥姥的气息才真正离开我们,从空气中飞走,游思断尽。

杨柳

只一棵杨柳,原先种在栀子的旁边。这两种花木,一高一低,相依为命。

杨柳是折来插成的。当时乡中有一户人家败落,那家人逃走之后,仅剩下一个颓园子。到春天时我们都去攀折。插成的杨柳渐渐转青,先是有点儿鹅黄,发几个青草尖般的芽儿。我们养的小鹅,正值抽羽时节,刚好也是黄簇簇一团可心的颜色。我们就抱了小鹅,站在庭中望着杨柳。

忽一日天气转凉，雨点凄述，斜斜地织在我们的屋顶。我们走到石桥上，走到河川旁，看舟子徐徐移动，远山萌了黛色，行人都在祭清明了。那时我还是黄毛丫头。母亲说，清明节那天若把柳眉儿插在头发里，发丝就会又青又长。待到清明这日家人都外出了，我悄悄折了好几枝杨柳，只觉得清气扑鼻，绿汁染指，在卧室的木镜前，很仔细地把柳叶戴在发辫上。他们一回来，我就从门里跳出来喊道："看我头发青了，看我头发青了没有？"母亲拧了下我的嘴巴，众人也都笑了。

到念书时，杨柳已有房子高了。在乡里居住，最怕的是老鹰。鹰子来了，一个旋子，便逮了小鸡飞上柳梢，向着西北入了云霄，转眼便不见了。有一回姑姑大喊着从门里跌出来："鸡子，我的鸡子……"可怜早没了小鸡的踪影，姑姑肝肠寸断，因为春天里养的小鸡子，就是我们的宝宝，像小孩子一样亲昵。危险的事物就藏在我们看不见的地方，叫我们忧心忡忡。到夜晚又有豹子，从老远的山上跑来，捉我们的畜生，村人们便点了火把去轰赶。那火焰烧得夜空一片通红，呐喊声里，月黑风紧，人语嘈杂，小孩子无人照料，胆战心惊，又无处藏身，常常伏在门后，哭哑了嗓子。

到热夏，柳上多的是知了，叫声可难听了。男孩子们认为这东西该杀，于是捉了，一伙人拿到灶里烤了。我跟在他们身后，也能分到一只烤焦了的知了细腿，可哪里敢吃啊，手指乱颤，心里悔恨不已。即便是这样，也没能变得勇敢些，下回见到虫子，照样会吓晕过去。

没有人知道小孩子的心思。那些不可知的事物，在想象中慢慢变成了威胁。而杨柳，也许是碰巧记住的吧。

之五·寸竹物语

看过一本小人书，说是一对老夫妇，有一天夜里忽然发现庭前的竹子里长出个很小的女孩儿。女孩儿渐渐长大，及至袅袅婷婷，可爱之至。我很喜欢那个老太婆，包着头巾，笑得很慈祥。那原是日本的一个故事，大人小孩都会说这个故事。

以前爸爸有个朋友，编得一手好鸡笼。爸爸在村庄里有好多朋友。有时候傍晚回家，看到大门口挂着好几把伞，也闻得里间人语声，那一准是他与朋友们聚在一块了，沽几两黄酒，说些东西南北的海话。灶上已炒了几个自家的小菜，雨在小院里淅淅沥沥地下着，爸爸和他的朋友们眯着眼睛，袖着手，假装毫不在意地瞄一眼窗外的天气，隔一响，又叙到盏上的光阴。我就喜欢这样的日子，闲闲淡淡、散散漫漫中可窥见人们的心思！

爸爸的这个朋友一年通常来那么一两次。那是四五月光景，小鸡刚刚孵出，已会学步了，叫得嫩声稚气，在前庭后院、槛里槛外，隐隐约约地被主妇关心着。于是也该添个鸡笼了。庭前刚好养了一大丛竹子，引了许多鸟在里面筑巢。爸爸的这个朋友秃了半个头，跛了一条腿，上衣的前襟总是比后摆短一截。那时节他就取了刀子，从容不迫地一拐一拐地塞过去，捉出一两株修长的竹子，顿时惊起一窝飞鸟。他三两下把竹子砍将下来。不一会儿工夫，修竹已被他用刀剖成青黄两层了。他便席地而坐，刀子衔在嘴里，神情专注地编织起来，只见细软的篾条子在他手里不停地翻飞。家里和邻里的众多人物，围在他四周，与他说着话，他都能作答，手中活儿不停，乡人皆谓为奇人。

到午间，那人便在院里高声呼道："可有粥喝？"他喝粥时坐在桌子的上端，低下光秃的头来，呲的一长声，一大碗粥已被他吸去一半。我们小孩子坐在桌子的下端，眼睁睁地看着他，大气也不敢出。待他抬起头来，才看到我们的呆样，他夹了菜塞在嘴里，半边的脸颊凸出，对我们露出一颗板牙，大声喝道："看什么？"我记得当时小弟哇的一声，即被他吓哭了。

现在我们时常于灯影里说及那个人，也说及小弟的那次失态。不出半个上午，那人便编好了两三个鸡笼子，都极其精致。主妇会找出旧时的帐子，用针小心地缝在笼子外面，我们的小鸡宝贝儿便进了笼子。夜晚我们坐在梁子下，说起乡里的舟子、河川和雨水，鸡笼子就挂在我们的头顶。小鸡宝贝儿暖融融地挤在笼子里，在梦中发出一两声呓语，跟小弟的梦呓一般。偶尔有野货或夜物经过我们荒凉的户外，家人便说：那许是黄鼠狼或豺什么的，或者是蛇或野狗；可是你瞧，咱们的小鸡仔都挂起来了，还怕那厮不成？语态间一种漫漫自足的欢欣，伴随着乡间的虫声与夜鸟的啼唤，可教人安心了。

那时吾家还有竹靠椅。想起夏秋之间，忽刮台风，家里仅姐弟三人，不巧自己又犯了小病，每日里躺在竹靠椅上，极力咳嗽。到黄昏时稍能安歇些，而风雨更加肆虐，旧房子便开始摇摇欲坠。这时候弟妹俩都聚在膝前，吃着用文火熬的薄粥，他俩的笑影便落在黄昏的灯盏里。我用双手紧紧抓住竹靠椅的把手，闭上双目，过去的时光，便落在我的眼中：更早的年岁，粮食稀少，弟妹二人于我身后，牵衣顿足，啼哭相随……

说到竹子，忽又想到竹子做的书简。也是这个寂寥的夜，古代青衫的人便曲了背，在油盏的灯光里，细细地察看刻在竹片上的文字。也有远戍到边城的人寄了三两个竹片子回来，那家的女子便就着昏黄的灯豆，细细辨读这封家书。她的手指微颤，衣袂塞窣，那神情之悲苦，正如古诗所言，"行行重行行，与君生别离。相去万余里，各在天一涯。道路阻且长，会面安可知？胡马依北风，越鸟巢南枝……"如今我独自一人困居小城，想到这万劫的竹书也是难免的。

是为寸竹物语，说于此刻离索天涯的人。

1992 年 6 月 20 日

第二辑

温州

说到负笈远行，我们都离不开京沪杭这个宿命。

因为故乡温州坐落在浙地的东南一隅，靠近台海，毗邻闽地，所以我们要北上，必须路经杭城。虽然现在是西湖水贵，寸土寸金，可在二十年前，我们只是很朴素地把它当成一个路过的地方。通常是坐了直抵沪上的长途汽车，然后换火车赴京。

那时候要坐汽车到沪上，可谓是万水千山，长途跋涉。运行大巴的是本地公司，所以从车站装载行李开始，到等待最后一个旅客上车，极尽照顾。送行的家人们早早地就把旅人的大包小包送过来了，一件一件往汽车的肚子下面装，直到塞得满满的。什么东西都有，吃穿住行，唯恐落下一件。尤其是吃的，由于深信东南沿海鱼米之乡的物产，是世上绝无仅有的好东西，所以从新鲜果蔬，到腌制鱼肉，一样不差。这还不算，汽车下面装不下，就放在车中过道里，摆在床头榻尾，挂在头顶脚下。出发的除了青壮年，还有妇孺老人，所以熙熙攘攘，好不费时费力。到午后两三点，一切总算装备停当，乘务员总算把车门关上，司机总算踩下油门，车子便总算出发了。接下来我们的车子，就像一个盲眼说书人的戏剧话本，在下午和黄昏和夜晚，一路铺开去。我们也就成了命若琴弦的人，把性命身家都托付给了司机，让他凭一己单薄之力，凭坚定的信念毅力，把我们送达目的地。

当年的这趟旅程，一路上尽是高山峻岭，尽是九转百折的盘山公路。我因为生在海边平原，虽也背靠山峦，却从未在山中生活过。所以就是平原动物上了山川，历险无数。狭窄的道路在急转弯处，全部用青石铺就，以防打滑。即便这样，也经常出事。因为两车相会之处，仅分毫之隔。爬坡时我们的心都提到了嗓子眼上，下坡时我们更是大气不敢喘一声，跟随司机踩着这条苦命的钢丝前行。有时候好容易到了坡顶高处，大着胆子放眼望去，却突然发现，有汽车翻落在谷底，四脚朝天，孤零零躺在一片丛林灌木中。

这样一路下来，赶上暴雨迷雾，少说也有几处，好让人揪心畏惧。当时路上会有养路工，多是本地居民，拿着器具，专门负责事故现场的临时作业。要是出现天雨路滑，不幸有车翻人亡，这些人便过来，把死者一个个慢慢拖出车外。在青翠欲滴的山上，这一切都在静悄悄地进行，真是不可思议。一个本来打算出发的旅人，突然被永久遣返回来了，并且是以这样暴烈的方式，估计连他自己也始料不及。

从下午到晚上，一直到前半夜，我们的车子，就是一个移动的城，城里的一切照旧运行。车里开着几盏微弱的小电灯，青壮年们聊着政经杂闻，妇女老人们则多忙于照顾小孩。这满满一车的人，几乎全部来自这个被称为"中国犹太人聚居的东南小城"，几乎全部从事商贾经营。除了个别人会在沿途驿站下车外，绝大部分要赶到沪上，再转火车奔赴北京。他们在京中，主要聚集于南城，人数自20世纪80年代以来，达十多万之众。他们常年奔波于家乡与京城两地之间，一年里也不知多少个来回。平常业务往来，自不必说；赶上亲朋好友婚嫁丧病，生子乔迁等，样样须得参加。在自然社会里席卷到的一切繁文缛节，从鸿篇巨制，到家常小事，皆不得怠慢。老人们虽然垂垂老矣，也得随着青壮年的一家之主背井离乡；小孩子从襁褓开始，就得习惯颠沛流离；妇女们含辛茹苦，更不得怨天尤人。尤其赶上逢年过节，这么多人举家南北搬迁，境况空前。这期间，有千家欢乐，但更多的是万户忧愁。因为要是年头不好，生意匮乏，投资失利，则更是惨烈。曾听说有破产变卖房舍田园的，有跳楼轻生喝农药自尽的，有流落他乡沿途乞讨的，有惹上杀身之祸牢狱之灾的，也有找黑社会了结落得一路逃亡的。自古以来的小福大祸，身为血肉之躯，哪一样能脱得了干系？

待这满满一车的人都慢慢消停下来，已是午夜时分。我们的车子好容易到了平川，便要在黑夜中依次穿过村庄和城镇，树木和河流。如若突然间灯火辉煌，便是到了一处城镇；如若灯火阑珊，便又潜入一个村庄。一般的车灯，也仅能照见五六米之内的事物，要是迷雾轻拢，才两三米距离。因此感到这个车子，像是一只被包裹了毛织物的走兽，漫漫长夜中，在地面上呜呜爬行。

午夜时分的这辆长途汽车，让我想到了诗人毕肖普一首名为《麋鹿》的长诗所描述的一切。也是满满一车人，长途跋涉去往一个地方，也是一路上有乘客在絮絮交谈。他们说及邻人故里，说及旧雨新知。说吧说吧，往事如烟，说吧说吧，追悔莫及！如诗中所言，"生老病死，生老病死……"直到乘客们在千里月色下，邂逅了一只巨大的麋鹿"以君临之势／这只没有鹿角的生物／像一座教堂／高高在上……"也许在毕肖普的诗中，人们邂逅了一种宗教。而我当年搭乘的那辆长途汽车上的人们，却要在世俗生活中，独自去消解所有苦痛。对于由于各种原因无法拥有信仰的人们来说，他们到底如何解释万物，到底如何面对终极问题？这个答案，多少年来，一直困扰着我。

因为，二十年后的今天，当年长途汽车上人们奔赴的目的地——北京南城这个存在了近三十年的城中城，已被彻底清理了。几代人生活的这个地方，已经片瓦无存了。他们中也有一些人，经过原始的积累，成就了部分事业，可是绝大部分人，只是蹉跎了岁月，仍然两手空空，像风中落叶，从一个场所辗转到另一个场所……如果说当年他们被称为"中国犹太人"，今天，一语成谶的是，他们也像犹太人那样，遭受了四处流离的宿命……

而当年载着我们的那辆长途汽车，自亚洲大陆的东南角出发后，便义无反顾地一路向北。经过十来个小时的颠簸，快要到达上海了。我也终于困了乏了，靠在铺位上，迷糊过去。中间偶尔听到轻微的喇叭声，被小小惊醒，往车窗外一看，是四野沉沉的黑夜，再一看身边的家人，居然不睡觉，一直坐着。而我一会儿又睡过去了，梦中有明月万丈，照着前川。

我后来才知道，家人为什么一直醒着不睡觉，就是因为路途险恶，担心车子会出什么意外。只可惜我像个被摄去魂魄的人，多少年了才明白这一番苦心，等突然悟到，为时已晚矣。可叹一生过往，看似琐碎无常，实际上恩重如山。

二十年前，在整整一车颠沛流离的乘客中，我是唯一带了一箱书旅行的人，贫穷，易感，干净，飞蛾扑火一般，向着北方那个巨大黝黑的城进发，并且全然不知道将要发生什么。

2017 年 11 月

杭州

我不知道自己出于什么原因，总不能酣畅淋漓地谈论杭州。其一，我是浙人，它作为省会，我却一直没有如历朝历代的同乡那样，去好好游历拜谒，因此心有愧疚。求学的年代不幸错过了这个城市，其他的时间，则只能在遥远的异地，默默地艳羡它深情的一泓春水，曼妙的花红柳绿。4月清明刚过，京中还是飞沙走石，我便按捺不住急切和喜悦，不停地和身边的同事友达提及杭州。我不厌其烦地向他们描述那春风的骀荡，远山的黛色，柳丝的细软，桃红的羞涩，湖水的倾情，当然还有鸟鸣，还有点心，还有茶叶，还有丝绸，还有……

所以你要是在4月（残酷的4月，不管是艾略特还是乔叟，他们的鸿篇巨制都提到了4月），在京中遇到我，你必定会看到一个失魂落魄的人，像害了热病那样，时常自言自语。你知道那是一个害了思乡病的人，因为突然坠入爱河，被无边的狂热和神经症状折磨，以至于六神无主，坐立不安。但是越是这样，我离杭州越远。正如你越是坠入爱河，你便越想挣脱。父母可亲，我很少会表达敬意；家人可爱，我会予以伤害；同学亦善，我可能避退三尺。我自造的这个与世隔绝的囚笼，有着无人能解的苦厄。正如同样纠结隐世的塞林格，在《麦田里的守望者》里写到的那样，"我是一个可怕的撒谎者，是你一生所见过的绝无仅有的一个。这很奇怪。比如我正去往商店买杂志，如果刚好有人问我去哪，我很可能就说我是去看歌剧。这太可怕了……"我也一样，在多年的流离失所中，患上了这样那样的疾病，要么言非所指，要么言不由衷，甚至指不定有一天会彻底失语。

我曾无数次在京沪线上经过杭州，但是把它当作目的地，去缠绵相爱的次数，却不多。去过西溪，去过灵隐，如果时间宽绰，便总往有山的地方进发。记得有一年元月，沿着天竺路，沿着连绵的茶园，向上攀到了法云古村。从来没有见过这么绝色的曲桥流水，房舍田园。虽然瓦片上还残留着一抹小雪，但在南国，已是春意盎然，所以梅花怒绽，鸟语啼啭，心想哪怕是世外的人们，也会弃了他们的桃源，来此安居。这样走了一程，突然发现一些身着制服的青年，一打听，才知原来这一大片地方，都是一家叫法云安缦的高级酒店的辖地。所以这山这水，我便不能享受了。

于是抄近路下山，才知刚好毗邻灵隐。天色已暗，正值元宵，天生一轮圆月，地上也挂了些灯笼，几乎两两难辨。听到了山上的钟鸣，也听到了从山下过来的不绝如缕的市声。突然想到曾听人说过，有些患了绝症的人，按时下流行的做法，会搬到寺庙里去居住，以尽余生。当时便想，在灵隐不知是否也有这样的人，不知他们是如何度过这个明月之夜的……

当然说到杭州，我怎么可以不说西湖？4月里，倚着湖边的石凳坐着，感到万丈湖水汹涌，似乎就要漫上胸口，我的脑海里总会出现很久以前在一本旧书上看到的一张老照片：秋瑾的棺材，正由两个人扛着，经过断桥。

我后来才知道，秋瑾于1907年7月15日，于绍兴轩亭口被当街斩首，白衣素裹，身首异处。家人由于担心被株连，都逃入深山了,所以无人收尸。后由绍兴同善局,草草收殓于城外,再由友人迁葬于西湖西泠桥畔,而后被迫迁葬湘潭,再迁葬长沙,再迁回西湖原葬墓地,共为十葬。我不知道那张照片中显示的是第几葬。

2017 年 11 月

上海

我在十八岁之前,除了想象,一无所有。比如,我曾想象沪上应该是一个光怪陆离、琳琅满目的地方。到后来我见到了这座城,它与我的想象,似乎也相去不远。

在密不透风的城市丛林里,在每一个楼宇或仄巷的角落里,都摆满了叫不上名字的小什物,都站立或行走着无数的人,车辆像爬虫一样,高架桥被烈日烤得快要瘫软了……我对城市所有神经质的感想,全都在这里兑现了。我的这些观察,体现了我年轻时的敏感与脆弱,但同时也描出了这座城市的浮世险象。

福州路的书店,陕西南路的梧桐树,法租界的老洋房,淮海路的霓虹灯,这些印象似乎一直在蔓延着,直至江风把我送到外滩。那里每一栋百年高楼的石头雕梁,都让人回到一言难尽的殖民时代——当年羁旅在远东海外的各国官民,以及他们留下的种种琐碎事物所支撑起的庞杂世相。

当北京被称为北平,上海则可以被唤作任何一个在当时书中遇到的名字。我想到了鲁迅的亭子间,张爱玲的绫罗绸缎,以及江浙财阀们的你倾我轧。风起云涌的后面,是短暂苦命的安乐奢华。在我为自己一砖一瓦修建的与汉语有关的字典、地图、史略、博物、民俗,以及属于我心灵的孤独图书馆里,始终保存着那个时候的各种细节。在我的认知里,似乎所有的老人都要在沪上尽终,如同所有的年轻人都要在此开始浪荡;所有的骚客都要在沪上逗留,如同所有的政党都要在此经营。

……而于我，在寻思沪上这一繁华景象之时，自然想到当时各埠开放人员进出频繁的现象，也想到了源自西方爵士时代的种种影响。

在巴黎，始于20世纪之初的文艺运动，到了20年代，已经会集了来自世界各地的疯癫人物。庞德及海明威等不吝远渡大洋侨居在此；战后欧洲诸多帝国崩溃，流亡海外的精英人士也大都辗转于此，比如旧俄的知识阶层……

在伦敦，出现了所谓光彩年华的一代人物。他们中有刚从战场上撤回的失落青年，也有未能参战而感叹命运不济的富家世子。战后征收的遗产税，使日渐没落的中上阶层雪上加霜。牛津剑桥里的纨绔子弟，本来就剑走偏锋，此时更是在满腔愁绪中放浪形骸。乐不惊人死不休矣，加上媒体推波助澜，造就了史上最早的名人崇拜与花边娱乐等各行各业。但与此同时，青年一代蔑视传统、反抗纲常的做法，也蔚然成风。

在纽约，因为禁酒，反而酗酒成风；汽车工业、电气时代的到来，现场爵士音乐表演，女性解放，哈莱姆文艺复兴，高楼大厦的崛起等，使夜场生活活色生香。美国的工业革命虽然晚于欧陆，但后者居上并独领风骚。爵士时代培育的反主流传统，则为后来的垮掉一代及嬉皮运动开了先河。

近年纪念"五四"的活动，总有人批评其激进有余改良不足，摈弃甚多继承匮少，殊不知当时新文化运动的将领们，多属于外出考察学成归国的，所以面对苏俄革命、英法浪潮，以及欧美流俗，想要遗世独立而不受影响，则难矣。

沪上的这段安乐繁华，虽然也百般艰难，在我的眼里，却像一个人的青少年时光，尽是一番花好月圆，纵使有些瑕疵，仍是别样风华。在我自构的文化史里，论自然的社会生态，大可相媲于春秋战国、晋魏唐宋了。

　　当然，成年以后的我，曾无数次经过沪上，只因命运多舛的我，需要无数次奔赴在宿命的京沪线上。

　　过去四十年，我们经历了电气生活的高歌猛进；过去二十年，我们体味了网络生活的繁花似锦。过去三十年里，我在沪上的每一次羁旅，都让我沉醉在它貌似自由的温柔乡里，每一趟都是流连忘返，都是对未来的僭妄之想。

　　…………

　　想不到今年春天，它竟然有了疫情期间的种种遭遇！呜呼哀哉，可怜春寒料峭。想到此，忽感到背脊冰凉，羞辱与惊恐，两两难辨，竟至于涕泪。

2017 年 11 月

2022 年 4 月补记

苏州

我一直喜欢不在场的事物。所以，当我在京中时，你总会听到我提起千里之外的姑苏。开始可能是因为不能忘怀一把小扇子，一段小曲子，一个小园子；到后来，则是因为它既有杭城的园林，又有沪上的高楼，可谓是两全其美的停靠之地。

去年夏天，投宿在老城的西门附近。午后细雨刚歇，在高楼上推开向南的窗子，城池尽览无余。清一色的粉墙黛瓦，鳞次栉比。阳光隐藏在低垂的云脚，随着云朵慢慢移动，古旧的城池也忽明忽暗。我觉得自己像一只长途旅行的禽鸟，突然瞥见了此城绝美的姿容，顿时心生倦意，有了就此不离的念想。

在我的地图里，一直把姑苏分为老城与新城两块。还好，市政规划也是照这个思路进行。在老城里，珠玉般的园林散布在砖瓦结构的低矮民居间，两两相得，互为爱慕。虽然园子早已人去楼空，但由于滋养在市井，加上一直有人打理，所以便让人觉得园子的主人只是出门远行了，不日便会归还，到时他亲自洒扫庭除，便又是天地生色春夏秋冬了。旧城里的园子，别说最为有名的，即便是游人不多的，比如旧居纪念馆等，亭台水榭一草一木，也都收拾得整整齐齐的。有一次在一条宽阔的老街上，我看见了一个苏绣馆，进去后，竟然在边上意外地发现了一个极其精致小巧的老宅子，叫毓秀山庄。入门便是一大片湖山假石，看这阵势，像是仿着狮子园造的，气度不凡；两侧是厢房，全都配了九曲回廊，想来园主是记着颐和园的长廊了；后山也做了楼阁，移步换景的一松一竹，也绝非平常，有着景山的叠石和芍药的姿态。正值盛夏，应是炎热天气，可是园中林木葱郁，光影扶疏，一桥一水，飒飒生凉。对于世间孤苦无助的个人来说，把园子造到这个份儿上，也算是改天换地的努力了。

千百年来，总有人浪迹山水，有人寄情园林，甚至积毁销骨，到了无以复加的地步。我对二者的坚定信念都心存景仰。可我最敬慕的还是同一个人，如何从粗砺山野回到精舍园林，或者从深宅大院回到荒山野岭。当年陶潜留恋云无心以出岫，鸟倦飞而知还，选择了归田园居，也终于未能从山野回到心为形役的园林。而从园林归到山野的倒有那么几位。张岱由于国破家亡，从簪履甘旨、轻暖温柔的王谢之家，到披发入山，乃是不得已而为之。而李叔同却是主动为之，从富贵风雅，到入山断食、祝发落戒，再到临终前手书悲欣交集，自有一番无人知晓的心路历程。

你若想知道老城里的人，都靠什么营生，看看内城的铺子便可知一二。曲桥深巷里，游客留恋的园林景点边上，总有卖扇子字画的，卖绫罗绸缎的，卖沉香茶具的，卖古琴琵琶的。这还不够，有民宿饭馆，也有看戏听曲的场所。先说这看戏听曲，姑苏应是个好地方。吴侬软语的评弹，随街都有，循声寻去便是。有一夜在平江路闲走，突然听到急急的琴声，悲怆的男音女声，驻足一听，原来正在唱《钗头凤》。本不想留步，可是这悲剧的力量，还是一下子俘虏了像我这样命运多舛的人，所以就不知不觉落座在游客散尽的河边石凳上，听了半晌，才悻悻离去。

至于城里历代相传的其他行业，几十年来，也经历了翻天覆地的变化。早年像红木家具、扇子字画这样的手艺，都是家世传承。1949年以后，最好的技师都被请到故宫博物院去了，剩下的一些入了国营工艺美术单位。市场经济之后，有年头的东西都翻了身价，别说姑苏城里的老东西，一桌半椅或断纸残章，都跑到北京的古董收藏家家里去了；光是国内的新贵就如过江之鲫，古典家具公司、扇庄、字画装裱店、香库琴行都得赶制新东西，以满足大江南北的需求。一时间，寸木寸金，洛阳纸贵，好不热闹。不过时世造化之快，也常让人措手不及。

那天在内城遇着一人，说自己父辈就是工艺厂里的技师。计划经济年代，每日埋首描画上百把扇面，累得腰酸背痛。当儿子的看这行业没出息，改开货车去了。不料后来市场火爆，老父便硬拉上儿子，开了一家扇庄，没想到赶上了金融危机，好容易熬过几年，又遇上反腐，先前的买家，都有进局子或跳楼的，所以目前也是生计维艰。

在文明密集的北半球，如伦敦、纽约、北京，都命中注定似的，一城分为南北东西。伦敦的东区，由于成为工业革命的中心，工人和移民聚居，环境堪忧；而西区，靠近皇家园林，又保留了维多利亚和爱德华时期的众多建筑，所以受权贵阶层青睐。纽约则以中央公园为界，西北多花园豪宅，称为上西区；东南多商业、民宅、码头，称为下东区。北京似乎也大致相同。西北有三山五园，又上风上水，加上诸多教育资源，引得众人趋之若鹜；而南城一块，史上多市集民居，所以较为疲弱。

姑苏城也是一城分二，新旧有别。旧城在西，北倚寒山寺和虎丘；新城在东，环抱金鸡湖。湖西为工业园区，湖东为高尚住宅区。春夏时分，如果你也是像我这样的自由散漫之人，便可以移步姑苏城的新城区。湖水千亩，碧波万顷。暖风吹来，你似乎可以闻到老城园林里，一石一瓦上生长的苔藓气味，阶前窗外的芭蕉，正在慢慢变得肥厚，鸟雀在水面低飞，有心无意地叫唤着，映照堤岸上的桃柳妖娆，一时间，你差点还以为自己正傍着西子呢！

从湖西新建的东方之门出发，搭地铁可以直抵湖东北的广场。广场北边建有大剧院、博物馆等，还有从台湾来的诚品书店。说来话长，姑苏城肇建新城，引进台资，已是长久，非一时一日。城的西南方向，便是太湖，远郊有几多水乡古镇，所以就在城的西南近郊，开辟了高新园区，一条地铁将市中心和周边散布的古镇连接起来，所以出入方便，进退无忧。

我去年逗留的一个古镇边上，就有几片高楼住宅区，一家医院，还有两个商场，道路开阔，植物茂然，井然有序。侨居的外籍高管和家眷，客居的中方经理和来往亲友，迁入的年轻白领专业人士，以及在这条食物链上寻觅一升一斗粟米的近郊土著居民，在这儿组成了一个全新的生态环境。而我因为是异地人、外来客，所以能够看到一些细微的风情面貌。

就说这两家商场，一家满是一线品牌，定位多金人士，另一家更近地气，着眼中产阶层。要说中产阶层，真是一言难尽。他们习惯使用白床单，虽然远没有像传说中的某些德国人那样，每天换洗一次，但也已经给我们的文明带来深远的影响。比如白床单用什么面料做成，是否是埃及棉？是意大利制造，还是印度代工？白床单用什么洗涤剂，是日本生产，还是中国出厂？如此等等，不一而足。心思越是缜密，越是忧虑重重。

这家定位中产的商场，商品丰富，欧美各国自然不说，主要是日本和中国台湾。商场的公共卫生间，也有诸多为女人着想的细节，因为女人悦目，儿童乖巧，中产男人才能体面有加。就说这补妆一事，女人要在奔波的空隙里转瞬完成，单独一人一台必不可少。因为在一个公共水槽的长镜子前化妆，是有诸多隐忧的。女人忌讳在男人面前上妆，但更忌讳在其他女人面前。别说女人有千差，容颜有万别，这近距离对视同类，画眉又抹脂膏，上粉又贴睫毛，怎一个别扭了得。她在镜子前多滞留一会儿，你肯定嫌弃她虚荣造作；她三两下草草收场，你又鄙视她没有仪态修养；她肤色深浅，她着衣穿戴，哪一样不会招来你心里对她的果断评判？所以一人一台，多了隐私，也成就了尊严。

旅途的最后一天，本想去苏州博物馆，可惜晚了，在人家封闭的大门前，忽然感到从未有过的不知所措。正好日暮天雨，青葱玉翠的古城被薄雾笼罩着，竟有一种前世今生难辨的感觉。看到有穿着旧式布衫的老人，挎着竹篮，沿街叫卖茉莉花，还带着雨水，就买了一串。虽然也知道不能长久，却情不自禁想拥有这转瞬即逝的芬芳馥郁。

曼德尔施塔姆有诗曰："说出你的名字比举起石头更难！这世上只有桩黄金的心事：让我摆脱你的重负，时间……"我手上的时间玫瑰比任何时候都更沉重。我明明知道它不可挽留，却止不住要去触犯这个戒律。"非常罪,非常美"的时间,让人不知如何是好。

北京

在北京城，人们的生活离不开这几种形式。一类是在海淀讨生活的专业人士，如教师、IT人员等，属于奔波劳碌的人；一类是在朝阳谋生的群体，如商务主管及各级白领、影视人员等，也要奔波劳碌；另一类则是遍布城市各个角落的市井阶层，或土生或外来，都不约而同地陷入某种困境，他们要么寄居在城中村的蚁窝里，要么来往于远郊村镇，也是长年累月地奔波劳碌；最后一类应该是为官从政的，虽然深居简出，难道不也是奔波劳碌？在时间之河的滚滚波涛里，面对生的华美灿烂，谁愿意被它淹没？

说来也巧，我倾一己之力描述的城记生活，天马行空或事无巨细，都留下了时间的印记。就在我踯躅多年的五道口，存在了许久的铁路也终于在我书写这些文字之时停运了。它给我以往的生活，戛然画上了句号。

二十年前我初到此地，周围除了各大院校的高墙，没有其他高层建筑。贯穿中关村的唯一的一条马路，是单车道的双向马路，中间隔着排水沟，两侧植着参天的杨树，常用的交通工具是老旧的公共汽车。然后1994年修了北三环，2000年修了北四环。然后就是北五环，北六环，京津冀协同发展……

印象最深刻的是夏天的午后，是惊雷和暴雨劈打着扬尘的路面，是低矮的平房和逶迤的泥巷，是晚市里拄杖的老人和顽劣的儿童。人们说话也多半是宏大叙述，比如这个特殊的群体——出租车司机。他们有着圈点所有事件的能力，直白的或委婉的。直白的如"把我惹急了，我就一把火烧到广场去！"或者"我要遇见一个鬼子，就把他弄山上给埋了！"委婉的如"警察不扣我们的钱，他们怎么发工资啊？""我就不爱去国贸那儿，人家也不待见咱们！"无所不及的暴力语言背后，隐藏着白天黑夜、年年岁岁、世世代代不能消解的观点和情绪。至于阶层等级，也有讲究。如城里的司机瞅不上郊区的，国企早退的看不惯拆二代。虽说都是四个轮子，还得分是大公司还是小个体。我想只要是凡夫俗子，谁能躲得开傲慢和偏见？但故事背后的故事，叙事之后的叙事，其摧枯拉朽的力度，超越了任何一种力量；魔幻现实的想象，超越了《百年孤独》。这个群体，如同我见过的众多其他民众一样，他们都被未知的事物打败。像这一位老者，和他年迈的狗一起，坐在破败的小区门口，大声嚷嚷着："有钱没钱都一样，有钱没钱都一样！"他是清醒的疯子，是你祛除不尽的病人。

  这儿的第二类人便是北漂。二十年前你在街头巷尾看到的留长发的青年，是怀抱梦想的年轻人，有着颐指气使的毛病和指点江山的恶习。如当年散居在圆明园的画家们，经历了20世纪80年代末的动荡后，都被驱散了。有很多迁到东边的宋庄，但由于这样那样的街区整顿或利益划分，又被进一步迁走。多年以后，我看到了他们中某位出版的画册，其中就有当年的一次行为艺术——于盛夏，全身抹上蜂蜜，在城乡接合部的一个不堪入目的公厕，忍受蝇蚊叮咬，生存三十六小时。这些人中的好多人，如今有成了艺术家，其作品拍出天价的；有去了巴黎的左岸，伦敦的苏活区,或者纽约的下东区,成为西方媒体宠儿的;也有失意潦倒避居乡间,守着半亩地、几棵树和不会说话的猫儿狗儿,以尽残生的。

第三类人应该是外国人。全城的外国人,除了在东部的CBD,剩下的不是生活在五道口,就是在去往五道口的路上!我曾听一位美国人说,她在这儿偶遇了大学室友,她们居然同时租住在同一栋楼房的同一个单元。世界这么小!不断游走的人,不是在纽约、伦敦、巴黎、东京等地的公共场所邂逅,就是在北京的这个"宇宙中心"遇到。

还有一类人是学生。学生亚文化无孔不入。学生霸占着这儿的教室、食堂、公园、酒吧等,在所谓万众创业、大众创新的时代,雄心勃勃地计划成为明日的专业人士。他们说着我听不懂的语言,飞速地成长和衰老,不顾一切地经历一切。

可是我又想,世界之大,我又怎能给这些形形色色的人分门别类?在瞬息万变的人间,他们只是带着一个暂时的标签生活罢了,我怎么知道他们要进入哪一部史册,入编于哪一个社会学的章节?更不要说,在时间之河上,人心之广渺,怎能囿于天地万物?只是像我这样的痴人,在此城说及他城,在他城又言及此城,早已是言不由衷,言非所指了。在南来北往的旅途上,在物是人非之时,我是忘了形仅得其意,或者不得其意亦忘其形了。

我的宿命,总是在南方向往北方,在北方又想念南方。时空的裂痕,于我是永难治愈的伤,如同每每在北方,看到别人写南方,就感到自己要突然病倒一样。

2016 年 11 月

第三辑

怎样看护野天鹅

世上最最匪夷所思的职业，莫过于看护野天鹅。

春色将暮，今日我走过废墟公园，在一个大湖边，看到一块木牌上写着字说，飞来了一对黑天鹅，落在这片水域。他们要请一个人，专门看护。

在广渺的水边，我忽然笑出声来。如果让我来看护一对野天鹅，我必将日夜不得安宁，并且可能很快忧愁至死。因为看护野天鹅，就等于

看护上帝
看护时间
看护幽灵和魔鬼
看护一个宇宙之君

看护灵魂不要出窍
用寡情绝义
看护你的身体干干净净

看护一个人不要老去
流水啊向西奔腾
看护死与生

因为它们是野生的黑天鹅，天地的尤物，我们怎么可以看得住它们呢？我们是在第六天被创造出来的，而它们呢？也许早就被制作好了，只不过一直放在造物主的口袋里。它们最最贴近他的气息，熟悉他的每一个决定与手势，偶然的失误，以及追悔莫及的叹息。

在它们几乎漆黑的羽毛里，像黑夜一样骄傲的漆黑羽毛里，有一两根白羽，那是专门用来警醒人世的，是在死亡即来之际，像高悬的明灯一样照着身后之路的；它们极其修长的项颈，柔软如蛇，是失败的意识和形而上学的无用变体；而它们鲜红的嘴颊，是玫瑰从烈焰中被抢出，于瞬间冷凝而成的。

所以，一个人怎么能看护得住野天鹅呢！所谓看，目之所及，不过是区区一方空间，而野天鹅展翅高飞，说走就走，绝不留情，你又奈何？所谓护，雨打雷劈，风吹日晒，我们泥做的身子，水做的心肠，走滩过河，常常自身难保，又如何能帮助它们？我们同类，心与心还相距十万八千里呢，何况它们是异类！而且还有一个巴别塔，让我们与它们言语不通。

让不同的族类共处，总让我胆战心惊。想象一下，这个看护者与它们一起的日日夜夜，是否相互间充满了猜疑与嫉恨？风雨交加的夜晚，这个孤苦无助的看护人，可能因为他的傲慢与偏见，招致天鹅的共愤，而被它们活活啄死；或者这个看护者，是个狭隘偏激之人，他会在水里投毒，置天鹅于死地，也未尝不可！一念既起，肯定也就一意孤行了。

可是，如若我就是野天鹅的看护人，让我百思不得其解的是这样心比天高的尤物，怎么也落得命比纸薄的情境？我突然觉得它们就是两个命运多舛的天使，因为一个错误，突然遭到贬斥，于一个深夜，从翻飞的天空，垂直坠落到此处的湖中。不要以为它们还能振翅起飞，它们的翅膀，如今只能用来划水了。在它们反复潜入又浮出的浅薄水面上，这对翅膀已经成了羞耻的证物，正在一遍遍坐实，它们食用嗟来之食，苟延残喘的低等水禽的一生。

或者，它们的前世，就是亚当和夏娃。当时在果园，作为亚当肋骨的夏娃竟然说："可是我们如果不尝试一下，怎么就知道，对我们的警告是真的呢？"求知的欲望，必然带来无知的丧失。真是有知皆羞耻，识字忧患始！

在暮春的遗址公园，我再一次回望水上的黑天鹅，这对来自天上花园的，美不胜收的尤物啊，正所谓：

世上没有救赎啊
所以万物才这样
美不胜收

2017 年 4 月 17 日

锦衣夜行

没有人确切地知道，夜行动物究竟是什么样子。但这四个字总给我无穷的想法。

我一直偏爱"锦衣夜行"这几个字，尽管不太清楚它的含义，有时候又觉得，它是我脑海里生造的汉字，已经成了我自己的孤独图书馆里收藏的一个词语。

我大概知道，"锦衣"表示华丽的衣服，一个身着华服的人，在夜间行路，那将是怎样一件难以描述的事情啊！这个人为什么不在白天出现——锦缎的荣耀，岂不更加如花似画？为什么要选择暗夜出行？要以多快的速度穿越？飞檐走壁或者踏波水上？他有什么难言之隐？他是否在做一件于己是惊天动地、于人却毫无意义的事情？

可我又想到"锦衣卫"，想到历史上那个危险又隐秘的机构，以及与之相关的许多事物；总是想到渺小的个人，以及他要面对的庞大复杂的命运。

所以在我的心里，"锦衣夜行"这几个字，已经获得了一种孤独悲凉、快意恩仇的含义。而且当我想到"夜行动物"，我竟然想到了"锦衣夜行动物"，而且不一定是四足兽，不一定是两足禽，不一定要古书记载，不一定是纲目存录——他或她或它，已成了我的想象力无法自拔的、遗世独立的物种。

我的心，早已随着"锦衣夜行动物"远去了。所以当深夜的出租车，以及这个沉默寡言的司机，把我载过十里长街，一路向西时,我竟然觉得夜色如水,犹如在茫茫宇宙中凌波微步。我甚至觉出了锦衣的细腻柔滑,可是天鹅绒的里子底下,又似是粗糙的动物毛发,它与长了虱子的华丽袍子,似乎有了诡异的关联。对我来说,夜是冥河暗影一样的地方,如果不把玻璃窗摇上,记忆便会如河水一般涌来,那滔滔不绝的波浪里,说不定还漂着动物的木乃伊残肢。

  我在被摆渡的河水上,与我的舟子一起,过了深不可测的内城,白玉兰造型的华灯便突然消失。刹那间,我在离我自己十万八千里之外的地方,突然看到了时间的流水上,那个曾为小事物大喜大悲、执迷不悟的自己。这时我才猛然惊醒,原来我与我的影子一起,终于从东交民巷回来了,完成了一个人的节日仪式。都说"富贵不归故乡,如锦衣夜行",而贫贱之人,更应理所当然地死在异乡。

在路上的身体与灵魂

他们说，人的灵魂和身体，总得有一个在路上。

而今天的我，温热的身体，倚靠着冰冷的灵魂，灵魂又像影子那样，把颓败的身体扶起；就像爱就要爱得干净，把爱献给爱那样，身体和灵魂，终于双双上路了。

这是大雪节气之后的第二日，天气晴和，云朵纤弱，空气饱含着水汽。我虽然孑然一人，可是难得灵魂紧紧追随着身体，所以虽然孤独，也没有觉得特别可耻。

我打算搭一辆老旧的公共汽车，向西山进发。街上走来好些老人。我忽然觉得，自己正在一个江河日下的午后，从无望的中年悬崖上，朝向一个深渊走去。

像他们那样，脖子上挂着一串钥匙或一张公交卡，恍然若失地游荡？袖管上粘着饭粒，前襟洒了菜汤，鞋绳散了，或腰带掉出一截，也全然不知？胡子拉碴或胸部塌陷，也浑然不觉？把曾经的知识全部拱手让出？让全部的智慧倒退到婴孩时期？是什么让他们变得如此孤苦无助？是什么让他们丧失尊严羞耻？

我想起了在音像作品中看到的1967年夏天，也称"嬉皮之夏"。旧金山的青年浪潮，正席卷伦敦。穿迷你裙的青春女子，昂首挺胸走过大街，在下水井干活的工人会探出脑袋，止不住大喊"哇"。街边林立的时装小店里，午后阳光明媚，刚刚成年的男子坐在沙发上，观看他的女友顶着波波头和一条鲜艳的披肩，在镜子前旋转……

而此时，在装饰了一个影星头像的商店橱窗外，一个捡垃圾的老女人，正好奇地趴在这个巨大头像上，透过影星张开的红唇，向里张望……

永远都是肉体抛弃灵魂。江山代代，总是年轻鲜活的肉体，抛弃羸弱陈旧的肉体，也抛弃腐朽变质的灵魂。于同一个人来说，肉身逐年衰败，也终于弃灵魂而去。可怜的灵魂，要怎样努力，才能与肉身形影相随？像古埃及人那样，把肉身制成木乃伊，把心脏取出放在一旁，又写就咒语"死者之书"，祈望灵魂能再次回到肉体。可是肉身被盗被毁的，灵魂又到何处栖息？肉身真的愿意这么长久地被灵魂占有吗？灵魂真的愿意回到腐败的肉体吗？在这场惨烈的情爱关系里，灵魂和肉体，双双遭受的苦难，真是有口难言，"罄竹难书"！

车子过了厢红旗、丰户营，又过了正蓝旗，前面就是植物园，再前面就是西山了。我在起身的瞬间，突然想到了帕斯捷尔纳克的《日瓦戈医生》，想到故事结尾，拉拉在街头与日瓦戈擦肩而过，永不再见。日瓦戈的身影在街头倒下，好像他的灵魂，眼睁睁看着自己的肉身倾塌；好像帕斯捷尔纳克的灵魂，眼睁睁看着自己受尽屈辱的肉体崩溃；好像受尽磨难的伊文斯卡娅，远远看着装载着帕斯捷尔纳克肉身的灵柩经过，痛不欲生；好像演员沙里夫，他的肉体即将覆灭，而他的灵魂还在回忆着影片——那满载着农奴、士兵、奸商、政治犯、流亡贵族的列车，在暴风雪中穿过西伯利亚的茫茫黑夜，而雪原上堆满了革命者和反革命者的尸首……可是转眼间，春风和煦，远山生色，田园万顷，劫后余生的人,又止不住渴望拥有新的生活……

  终于到了山麓下。我抬眼远眺,才想起今日上山,实则是一个朋友病危,心中无比苦闷的缘故。但愿我的眼睛能代替她的眼睛,再看一眼山河故园;但愿我的肉身能代表她的肉身,我的灵魂能替换她的灵魂,移行到这人烟稀少的地方,向人世的万物一一告别:再见了,鲸鱼;再见了,飞鸟;再见了,玫瑰;再见了,太平洋;再见了,喜马拉雅……

              2016 年 12 月 10 日

樱花盛开的公园

我在樱花盛开的公园，反复想，在这里，到底谁最孤独？

是这个吹肥皂泡的孩子吗？因为有四个大人在一旁看着她，寸步不离地看着她，使她连一分钟的自由也没有。而且她离湖水这么近，感觉寂寞的湖水就要爬上岸来，要拽走她的手，要夺去她的玩具。后来我在一旁的树上，看到了一只风筝，好像是蜻蜓的模样，它悬在树顶上，经年累月都下不来。所以我又想，要说孤独，肯定是这一池的湖水，比这个孩子更孤独；肯定是这只搁浅的风筝，比这个孩子更孤独。

是这个在岸边岩石上，拿着大毛笔蘸着湖水练字的老人，最为孤独吗？他的技艺，是一种高难度而又一无用处的东西。他手上的这个事物，因为总是与汉字、与种族文明牵扯在一起，所以让他忧心忡忡。像春时的大风，夏时的暴雨，秋时的凉月，冬时的尘土，喧嚣于眼，不绝于耳，恹恹于心，负重于肩。可是我又想，要说孤独，肯定是他手中的毛笔，肯定是岸边的岩石，比这个老人更加孤独。因为世上本来没有一种如此巨大的毛笔，日常写字总在书房，用的也总是常规的笔墨。这么大号的毛笔，就如一个凭空捏造出来的东西，除了一厢情愿的观赏，除了形而上学的愉悦，别无是处。而这岸石也是，因为总被用来书写，总被用来展示，早已远离了它作为顽石的初衷，所以孤独之情油然而生。

如若湖水与岸石都很孤独，到底哪一个更加孤独？在樱花盛开的公园里，我反复想着这个问题。

是这个独自跑步的男人？是他最为孤独？他看上去四十出头，像理工科出身的人。要是这样，那也不奇怪。他的专业在飞快地更新，他的知识在一日千丈地贬值，这种江河日下的趋势，就如一种腐朽的制度，其惯性下沉的趋势，让他万般无助。况且，他似乎有一些隐秘的心事，让他的目光不断地躲闪路人。况且他跑动的步伐，除了承受着上有老、下有小的重重负担，还要承受自己的初衷和良知的煎熬。

但是我又想，要说孤独，独自携着器材工作的摄影师，肯定要比这个跑步的男人更加孤独。因为过去曾有几次，他目击了跑步者倒地身亡的过程。他由于担心会于无意中拍摄到一种死亡，心头时刻被忧愁笼罩着。他在改造得面目全非的公园里，苦苦寻找一个合适的镜头，却又止不住朝着岸边的步道张望——谁敢说自己不是一个孤独的人？那个一动不动的垂钓者，那个系着围裙卖冰激凌的小贩，那个拿着笤帚的清洁工，那个推着独轮车的园丁，那个小步追上前去的女人，她在连声说："对不起，你听我说，等一等。"上帝啊，摄影师想，为什么春天的天堂这样荒凉？连一个孤独的人也不放过？

可是所有这些孤独的人，有谁比那个叫佩索阿的人更加孤独呢？他曾在《不安之书》中说：我是个内心波涛汹涌，而外表无动于衷的人。我要行动，也总在梦中完成。因为一把短剑的重量，自然要超过短剑的念头。我指挥着千军万马，大获全胜，而又独对溃不成军的苦果，这一切，仅仅在我的内心深处完成……宽敞的长廊落满了尘埃，在那堵宫墙后面，我与我的女友在公园里徜佯。当然我从来没有女友，我从来不知道如何去爱，我只知道如何在梦中善待爱人……如果我戴上了女士的戒指，那是因为我把自己的手，想象成一只女人的手。在梦中，我就是自己忠诚的妻子。我的脸上容光焕发。在梦中，那是我爱人的脸庞，充满了女性的妩媚……有多少次，在镜中，我的嘴唇触到自己的唇……有多少次，我的一只手攥紧自己的另一只手，那只似乎来自他人的手，轻触着我的头发，就像爱人的手在亲抚……

当然，我并没有说，在樱花盛开的公园，我是否比佩索阿更加孤独。我只看到群鸟飞过，一只接着另一只。我反复想，这些鸟儿都去了什么地方。我过去偶尔会看到雏鸟，从枝头跌落；但是有谁见过，死亡之后的鸟儿，从天空坠落？是否鸟儿也自知——来日不多，须提前飞到某个地方，等待末日来临？在鸟界，是否也有同类为其掩埋？我曾听说，所有的野象，会在临终前，走到一个水草丰美的地方，慢慢躺下，等待时间把它掠走。而在这丰美的水岸溪旁，白骨成山，那山也就成了圣山了，像我们在教堂的地下墓葬群……

所以要说在樱花弥漫的公园，最为孤独的，肯定是去往末路的飞鸟。暮色四合，我也离开了公园，踏上了地铁回程。可是在黑暗的地下，在这风驰电掣的钢铁流水席上，我突然看到了两个流动做工的人。女人的年龄似乎稍大于男人。男人满身是油漆和灰尘，他正望着女人，不停地诉说着。女人也望着他，像望着一个孩子，也像望着一个爱人。她的目光又甜蜜又慌乱，她的神色又镇静又绝望。我忽然觉得他俩之间，有一段苦命的爱情，是有悖于情理，又不能断绝于灵魂的那种爱情。

他们才是我今天见到的，最最孤独的人。

2017 年 4 月

春天，聚首的妄想

之一

几日的阴霾之后，终于刮起了大风，先是积云飞跃，接着青天可鉴。可是这风，凡是活着的人，都能感知到是春风。这个夜晚，便是郁达夫所言的"春风沉醉的晚上"。万事不可预料，野蛮之力正在君临天下，比如，达夫有个故事就写到一个女人出门，卖了手工活计，换来几尺白绫。她本想给做苦力车夫的爱人赶制一身衣服，没想到一回家即得到消息说，他已在马路上被汽车轧死。她二话不说，进屋闭门，取了白绫，便悬梁自尽了。

所以，春天总是裹挟着一股凶险的力量。它如暗流涌动，如蝴蝶的翅膀，你不知道它的扇动，会导致哪一块金属疲劳，哪一座桥梁塌陷。在千钧一发的事件发生之前，春光也不乏明媚之时。今天上午我走过大楼，一眼就看到走廊的座椅上，坐着一男一女两位清洁工人。也许是窗外的春光过于鲜亮，平时昏暗的过道，突然显得光彩分明，但那是强光照在刀子上的分明，晃眼得扎人。看样子他们已经清洁完楼道，此刻正坐在那儿，享受着仅有的一点余暇：拖把与笤帚倚在墙上，两个穿了粗劣蓝布制服的中年人，正执手促膝在一起低语着什么。可是即便像我这样粗心大意的人也忽然觉得有些异常，因为他们一看到来人，立刻分开了身体，惊慌失措地恢复了神态与姿势，俨然什么也没有发生。

他们之间，除了正在进行一段苦命的恋情之外，还能是什么？当微茫的爱意，突然把这两个命比纸薄的中年人捕获时，他们又如何逃脱？在各自不堪重负的家庭生活之下，他们的心脏突然死水微澜一般，被刀子的强光照亮，出现了意外的倾斜——这些惊恐的流水，载着坚硬的浮冰，在片刻的晦涩犹豫之后，开始到处突奔——谁能想到，像这样命运多舛的两个人，竟也心旌摇曳、神魂颠倒，成为爱的俘虏？

我忽然想起另一个春天的傍晚，在繁华的市声即将寂灭之际，我拐进了街角的一家咖啡店。这儿是一个孤岛一样的地方：正是用餐的鼎盛时间，有家有室的人，谁不是妻儿绕膝？事业有成的人，谁不是高朋满座？所以在这个时间缝隙里，到此踯躅的人，想必多是乖戾者、畸零者，或者被不幸羁绊的人。果然不出所料，在远离吧台的角落里，坐着一对青年男女，木偶一样，一动不动。暗淡的灯光只能照出方寸，背对着我的女人，身着精致的丝绸衣裳（我记得是丝绸，因为在暗淡的灯光下，它会发出凄凉的光泽）。忽然，那个女人把头一低，开始掩面失声，也不顾周围还滞留着三两顾客。而一旁的男子，什么话也没有说，只是一张又一张给她递去纸巾……

作为心事荒凉的人，我自然见不得这样的场景。可是在一个偶然的场合，如同孤星在宇宙中旋转，被一颗悲哀的陨石击中，并非出于我的选择。同样是悲哀，在一家廉价的快餐连锁店，我遇到的事件却是另一个样子。当然这发生在我用完饮料之后，打算起身离开之时，转头突然看到后面坐着一对老人，老头儿像是已经退休多年（穿着理工科人士爱穿的有很多口袋的裤子），他的双手正攥住边上一位老太太的双手，贴近她的耳朵在说着什么。她已是满头白发，乱蓬蓬的头发，因为背对着我，看不清正面，只见她穿了件快要褪色的旧毛衣，低着头，用双手捂着脸庞。而我因为她的身子显得这样单薄，才多看了一眼，才见到她的肩膀，在剧烈抽搐着，才于瞬间意识到，悲伤正把这一对老人吞没：他们没有任何防备，就被这狂风暴雨袭击，那折断的桅杆从高空垂降，几近于把他们打得粉身碎骨！如果说在咖啡店见到的那个身着丝绸的女人，还可以凭着年轻任性，失声痛哭，让她的爱人目击一种崩溃；在这人来人往、喧嚣拥挤的廉价餐馆里，这个羸弱的老女人，就像要把她的哭声带到坟墓里去，全部无声地吞咽了——她的哭，像是为所有的死人进行的，因为我知道死人没有喉咙，也没有声带，但有源源不断的悲伤。死人两手空空，把所有事物都弃在人世，而自己也被人世抛弃，怎不悔恨交加？

之二

在春天，一个人生出的妄想，就如垂钓者的钓竿，可以有一亿光年之长；就如撒旦的长矛，无限延伸，另一端是他誓将跨越太初洪荒，直刺宙斯心脏的决心。这些微尘般的饮食男女，突然就走到了高耸的危墙之下，陷落到不被世俗允可的情事之中。一边是伦理之云，黑云压顶；一边是爱欲之石，卵石高垒。尘世烟云里，葬身其中者，不计其数；可是一息尚存者，总是衍生出妄想——与一人聚首，与一物知音，妄想一个对应物，一个引领者，一个奉献者，一个托身者。

为什么我们的一己之力，就不完美？为什么我们一定要得到一种呼应,并甘愿为这种妄想献身?但是在德勒兹所言的世界中,在不断旋转、边界模糊的混沌中,我们岂能纵容万物陷入虚无?

所以,在我们自知的肉身局限之下,必要创造一种永恒的诞罔不经!巴塔耶曾提到原始祭祀活动的无用之说。把百果百物奉上,牛羊双全,歌舞合演,诗歌清朗,群情激奋,道不尽的水起风生、良辰吉日,这一切,甚至包括活人献祭,如此盛大,从功用的角度来说,岂不是一无用处?但是自古以来的这些繁文缛节、庄严仪式,其实就是抵抗一个虚无宇宙的妄想之举。

在我寄寓的城市,在城市一角的这家廉价连锁餐馆里,我总能看到类似于祭祀的场面:午夜过后,徘徊于地下停车场,蜷缩在过街天桥下的流浪人,纷纷聚拢到这里。一个年老者,仍保留着年轻时身为嬉皮的温和与优雅,留着灰白的齐肩长发,他毕恭毕敬地坐在一位流浪女士的一侧,说着赞美这位女神的金玉良言;他的一只手执着香烟,另一只手放在桌角,轻轻摩挲着这位女士的灰色发梢——属于他们的时间已屈指可数了,所以在寸金寸光阴的夜色里,他要把从巴别塔上采撷下来的最好词语,以骑士的尊严与光荣,敬献给他的缪斯。而一旁,一群聋哑人,正在打着手语,激烈地争论着什么。造物主居然给他们创造了这样一种语言,将我们拒之于千里之外。我忽然相信,他们的背囊里都装着一只天使,所以他们能心无旁骛地沟通。看,那天花板上陈旧的灯盏之下,一只调皮的天使正在翻身,它的白色翅膀,沾上了些城市灰尘,就像一个调皮的孩子,忘了洗漱。天使们正在保护着这群聋哑人,使得他们谈论的情色,或革命,或笑话,轻而易举越过了新闻检查,或恶俗偏见,给喧嚣尘上的虚无主义以有力的反击。所以,这春天的妄想啊,无边无际的妄想,怎能囿于我们苍白贫乏的想象?

之三

天使们聚首,不在我们的感知之内。由此推而及之,巫婆术士的聚首,鸟兽昆虫的聚首,也非我们的眼目可以见证。今年早春,我独自登山,快到半山寺院之时,已是暮色苍临时分。四野寂静,空无一人,恰逢天降微雨,道旁的梅花在浓稠夜色中分外妖娆;山泉在不远处,注入潭水,发出清冽之响。我只觉得,这一切就要幻生成人间险境,不禁心生惶恐;可转而又想,我本是世间万物中的一个物种,碌碌半生,基本上恭俭温良,万物又要如何惩治于我?我只有一再接近万物,它们才肯接纳我。于是铁了心,往黑暗中继续进发。终于到了古老的山门之前,我回顾这一路的胆战心惊,想到这几十年的磕磕绊绊,一在石阶前坐下,眼泪便止不住跌落。倒不是我软弱,而是在尘烟滚滚的人群中,根本没有能力,像此刻这样,反省到自己的灵魂原来还有干净的需求,还想着要去救赎!

过了好一会儿,抬眼远眺,崇山峻岭忽然变温和了;再看近处阶前的石桥的桥墩上,竟下来一小兽,先是心中一惊,再仔细一辨认,发现是一只黑猫,也就放心了。没想到这只动物竟直接走到我跟前,坐在我面前,这时才看清,它毛色纯净、体格健壮。接着它竟然把一只前爪,放到我的右膝盖上,我感觉到了它锋利的爪尖,以及冰凉的、被雨水浸透的足底。接着它放下爪子,竟跃到我的怀中,稳稳地站着,然后转了两圈,面朝前方,开始观望这烟雨蒙蒙的群山。我猛然觉得自己如一块浮冰,在茫茫漂浮中,突然遇到一只独角鲸光临。它泰然自若的神态,如森林中的独角兽,把一片祥和纯净传递予我,使我于瞬间犹如乔伊斯笔下的人物,获得了顿悟。

就在那一瞬间,我伸出手掌去触摸它的皮毛。它回过头来,跳到地上,再走到我背后。我的目光追随着它,并转过身去,面向巍峨的山门、高树、巨石,才发现一只硕大的白猫,正伫立在石阶的最上端,一动不动,如一位君王,而刚才发生的一切,已尽收它的眼底了。我还没回过神来,那黑猫已快步跃上阶石,这一黑一白两只小兽,便瞬即消失在苍茫夜色之中……

之四

所以,对我来说,在春天,有关聚首的妄想,不仅是与人心心相印,也是与物默契相通。说来也巧,毕肖普的一生力作中,有两首诗也写到了寻求聚首的极境。一首题为《犰狳》。夜空中的热气球冉冉上升,像在寻求一位圣人。其中一只从悬崖坠落,炸裂为火球,惊飞了猫头鹰,因为它们的窝巢也被火苗烧毁,然后犰狳现身,最后出来的是一只小兔,一堆温柔的、不可碰触的灰烬。

太美,梦一般的模拟,

哦，坠落的火球，刺耳的尖叫。
惊恐地，对着天空，
无知地，攥紧了拳头。

想与圣人聚首的火球，坠落时的哭叫，揪人心肺。在她另外一首题为《人蛾》的诗中，想与月色聚首的则是一种叫人蛾的生物，也让人肃然起敬。

这个生物，从一座建筑物的裂缝中，攀到了它的外沿，居然打算丈量千里月色。可是它很快跌落到地铁的水泥地上，虽然完好无损，却被一辆飞奔的列车朝相反的方向载走，每晚不得不穿越人工隧道，以及无尽的梦境。

如果你捕捉到了，
请用手电对准它的眼睛。黑的瞳孔，
就是暗夜。当它回望，并闭上眼睛，
毛茸茸的地平线收拢。然后自眼睫
滑落一滴泪水，它唯一的拥有，如蜂针，
它会悄悄拭去；如果你不注意，
它会将之吞下。可你若关注，它将授之你手，
凛冽的，如地下的泉水，清纯可饮。

这只人蛾，就是人的化身。它虽然坠落了，却见到了地面上的芸芸众生无法看见的无边月色。

在春天，乔叟的人物们，都要踏上去往坎特伯雷的朝圣之路，正如毕肖普的火球或人蛾，都妄想着去接近一种不可接近之物。因为存在斯世，远眺彼岸，执念于一物，献身于一人，总是我们的宿命。正如那飞禽走兽，渴望回到圣彼得的长袍之下，正如修道院的僧侣，长年累月地诵读经文，它们/他们痴心妄想的，就是靠近永不得近身的神灵。都说禁欲之美，是美中至美，那么妄想之想，一定是想中至想……

2018 年 4 月

怎样让一个花园美不胜收

怎样，才能让一个花园美不胜收呢？

春天时，坐车经过一个皇家花园外，见孱弱的枝条刚刚爬上墙头，像初生的睫毛。我忽然想到，如果一个古代的诗人此刻经过墙下，又当如何？

他听到了笑声
来自花园的秋千
他想到了雏菊
在雨水中翩跹
他想到了一群小鸡
在农夫的庭院
他差点忘了
自己正在流放途中

我忽然记起，这个花园的园主应是一个帝王。他生就一颗敏感软弱的心。他酷爱草木，却耽于艺术与幻想，所以下令修建了这个人间天堂般的花园。他天生一种乖戾的气质，再说了，现在，是他命亡几百年后的一个春日，他更不能躬亲直面园中的任何事物。

所以那一天在墙外，当他透过马车的纱帘，远远望见那一簇新绿时，虽然心旌摇曳，却止住了诞罔之想，终于没有进园去。

他下了步辇,刚好遇见那个诗人在墙外伫立,便上前打听,问及园子里的花事。诗人作揖还礼,说及秋千,也说及农夫的庭院。又说那是旧年的印象了,今春新枝吐芽、水笼寒烟的情景,还没有进去观赏呢。

帝王便想,要想让一个花园美不胜收,就必须永远隔绝于花园之外。现在他自立律法,就像一种自我惩罚,把自己囚禁在花园之外的世界。他的监狱无边之大,囊括了四海苍天,就是不能进入花园一步。

在星子繁厚的夜晚,他于自己的住所,看到银河如练,似乎就要坠落到西郊的那个花园,不禁又心痛又无可奈何。他在一张画稿上努力描绘想象中的一石一木,却感到力不从心。他想东海之东啊,太平洋之东,海水微茫,有什么事物能让我这个花园之美,冠于人世?喜马拉雅之上,雪落无声,云蒸霞蔚,有什么事物能让这个花园之美,落在我心中,写在这纸上?

他决定派遣手下人员搜寻全城最美的花木,移栽到园子里去。不日便有人来报,说最好的植物,都在老年人那里种着呢。他听了不禁垂下泪来,说:偏偏这些垂死的人,最舍不得美色,而且日夜辛劳,居然也培养了绝色美物。

可是这绝色美物,偏偏在老人的沉沉暮气里,美得不可一世。那天,他跟随手下,偷偷来到花园门外,发现士兵们正从市井中驾车过来,车上载得满满的是搜集过来的芍药,是各种玫瑰,真是不可方物啊!他怔在那儿半晌,说不出话来,心想,这花儿要是植在我这园子里,那将会是怎样的盛况空前啊!

不料过几日，有人来报，说怪了，花儿是栽了，也细心照料了，可就是蔫蔫地打不起精神。帝王正在作画，这几日他有了新想法，下笔也有神了，心中是一阵绵长的喜悦。对于一个囚禁自己、惩罚自己的帝王来说，在无边的苦楚里，这似乎是他仅有的一丝甘甜。

可是听到这个消息，他又愁眉不展了。冥思苦想了一日，是夜，他召来人臣说：或许只有婴儿的到来，才能取悦这些花木，让它们重获光彩。

次日，他的手下人就到城里四处打听，凡谁家有婴孩，就央求人家带上婴儿，到花园一游，最好是在园中住上一些时日。

这样也不乏穷苦的乡人，卷了铺盖，携家带口，住到园子里来；中等人家，虽然也有自己的小园子，可哪有皇家园林的气派，于是停下手中的活计也过来了，只不过滞留的时间不长；个别大户人家，也有过来的，大都是看个热闹，当天就走了。

在春色将暮的五月，清明已过，端阳尚未来临，微雨轻尘，草木欣欣，鸟雀们生出修长的羽翼，在清澈的湖水上举翅翱翔。各户人家，携抱着各家的婴儿，络绎不绝，进入园中。

天色是好，山色更好。帝王叮嘱好手下去安顿这些人家，自己则找了花园外边的一个酒肆坐下。临街的楼上，推窗远眺，刚好能看到他的花园，好一派怡然景象。

他在侧耳倾听市井中的闲言，哪怕是一言半语对他的花园的赞赏。偶然听到几句赞赏，那久违的喜悦便如春水漫过他倦怠的心间。虽然它像初霜一样稀薄，他却顿感如啜甘泉，有一种无以名状的淋漓痛快。

是夜明月朗朗,乾坤绚烂。帝王一夜安睡。清晨,忽然有报:昨夜有数位婴儿走失,如今父母痛哭,不可开交!又报:园中发现空置的婴儿车,在盛开的玫瑰花丛。又报:昨夜刚好,有宫廷中的术士在场。此人酒后夜行,至山墙处,忽见月下铺满蓝色繁花,又听得笑声喧哗,好似有一行巫婆巫师,熙熙攘攘,越墙而去。那些婴儿,一准儿是被他们掠走了。

这位术士断言,以后园中不许种植蓝色花木,以免引来精灵鬼魅……帝王大惊,他费尽心血的婴孩计划,看来只好废止。

怎样才能让一个花园美不胜收呢?帝王在自言自语。他看到墙头新发的枝丫,像初生的睫毛一样。这些死去婴孩的睫毛,在阳光下显得格外柔软。

可是在漫长的时间里,再柔软的心肠也会变得凌厉坚硬。帝王突然决定,也许花儿们厌倦了热闹,何不反其道而行之,还给花园一种孤寒清冷呢?这样也许能取悦一些花木。

于是他下令,寻找一个非同寻常的园丁——他必须孤身一人,他必须没有舌头,纵使他渴望说话,也不能发声。

园丁找到了。这年春天,他在柴房,从堆积的杂物里找出独轮车、锄头,还有浇灌的水壶。他在园子里,夜以继日地劳作。到仲春,一半的植物由他手栽,另一半野生野长,所以整个园子也是茂盛异常。到暮春,雨水降临,万物沛,偌大的花园,看着像一个原生的林子。

这时候,百无聊赖的园丁携着一把雨伞离开他居住的茅屋,步行到了园子深处。他感到了极度的孤独。

赶上某些夜晚,明月千里,这个园丁在屋檐下,听到虫鸣不绝;还有夜行的小兽,叫唤不断;还有猫头鹰,彻夜呼唤。他不禁在窗前跪下,对着无尽的夜空祈祷。猫头鹰,请不要哭!他说。

这个园丁,还是一位素食主义者。他在花园的一角开垦了一小块菜地,种了甘蓝、萝卜、西红柿,还有茄子等,以便自己食用。

甘蓝在入冬时疯长,一段时间下来,已结成坚硬的球状。夜来突降冰雹,落在甘蓝上,就像刀子砍在心口。园丁惊醒后,在他的小屋子里辗转反侧,不能入眠。他担心园子里的蔬菜坏了,担心可能面临的饥馑。可是甘蓝不但没有坏掉,反而一直坚持到开春。

春色满园。在白色的菜蝶生出之前,甘蓝几乎气数将尽,从颓败的叶子那里,长出一串串的白花来。有一天,园丁隐隐发现了一两只白色的粉蝶,在园子里翻飞。傍晚,他拿着一把小刀子,照常去挖一颗甘蓝,用来做晚饭。到掌灯时分,园丁已在木桌前坐定,一碗米饭,一盘炒熟的甘蓝叶子,是这个素食主义者的极简食物。

待到快要吃完的时候,他突然在菜盘子里发现了一些异物。他站起身来,把油灯挪过来,这时候他赫然看到,在空空的盘子里,残留着两条虫子的尸体。

他呕吐了一夜。第二日,艳阳高照。他挂着拐杖,好容易挪到了菜园子里,却看到甘蓝上到处都有虫子在蠕动。而越来越多的粉蝶，在园子里翻飞。

这些昆虫的前世今生，无比丑陋的前世，以及无比诞罔的今生，都让园丁目击了。而更令园丁痛不欲生的是其他作物上也爬满了各种孽障：硕大的蜗牛，会飞的蟑螂，刚孵出的小蛇在草间吐舌，肥实的蚯蚓倒挂在枝叶上，而壁虎飞蹿，犹如蜥蜴，让人胆战心惊。所有这些肉类小动物，引来更大的肉食动物。它们纷纷扑进园子，慌不择路地啄食。野猫、狐狸、乌鸦、鹰鹞等，嘶叫聒噪，不绝于耳。

这个园丁扔掉了拐杖，夺路而逃。正像古歌所唱的那样，他再也没有从园子里出来。过了一段时间，帝王的人在湖水里发现了他溺亡的身体。

又是一年春天，帝王越是妄想美物，越不敢接近它们。今年，他连花园附近也不敢涉足了。虽然，也想差人打听一下花事如何，思前想后，终于作罢。他只是在黄昏饮一杯薄酒之后，在他遥远的住所，眺望西郊的波诡云谲，喃喃自言：

一个没有灵魂的人
如何度过春天？
以至于我
想要捕捉一只雏鸟
并使它断食
这样就能听到
它更美的叫声？

旅馆

之一·新年旅馆

新年第一天,在南方,她独自一人,在一个陌生的车站旅店醒来,这是一件很不寻常的事情。

旅店刚好临街,靠近这个小镇最繁华的十字街口。从凌晨就开始的市井生活,已经娴熟地进行了两三个小时。这里的人们说着她听不懂的方言。她由此得知,自己已跨过了大江大河,越过了习俗偏见,终于在灵魂的苍穹下,投宿到一个未知的角落。

这是一家极其简易的旅店。刚进来的时候,她好像没有看到洗浴用品,心想:对于一个极其疲累的人来说,有一张睡觉的床,就已经很满足了。

可是后来,她在离镜子很远的地方,在一个手几乎够不到的架子上,发现了浴巾与牙刷等用具。第二天早上,她才意识到,浴巾与牙刷都是成对出现的。这个有点浪费了,她想。又过了好久之后,才慢慢意识到,她是在一张大床上醒来的。对于一个独自旅行的人,这些双倍的用具和过于宽绰的空间,对她来说,都是一种冰冷的奢侈,是一种伤心的隐喻。

昨晚入睡前,她在墙上看到了一些斑点,不由得想起了伍尔夫的短文《墙上的斑点》。要是在多年前,她一定会连带想到《达洛维夫人》,想到她在海滩上一边绘画,一边回望某先生在沙地上漫步,心中忐忑不安。她突然不清楚,他是朝她走过来,挥手向她致意,还是离她而去,挥手与她道别。时间,让一切都变得模糊不清。

昨晚她还看到了房间里黄色的墙纸。多么巧合,她想到了吉尔曼的《黄色墙纸》。要是在多年前,她肯定会连带想到,墙纸下匍匐的那个女人的身影,身影下挣扎着爬行的手指,手指正在绝望中撕裂墙纸,墙纸下又传来她的喘息……

可是昨晚她什么都没有想。她既看不到沙滩,也看不见撕裂的墙纸。她在沉沉睡去之前,只记得市声离她越来越远。当她在隐隐临近的市声中醒来时,天已大亮,她只是简单地对自己说了一声:这是一家干净的旅店,干净得像中年的旅客。

一天前,她的左手说服自己的右手,让一种交通工具,把自己的身体,运输到这个陌生的南方小镇。现在又一天的暮色降临,命运把她置于这个车站旅舍,紧挨着一个十字路口。

她记起了尤金·奥尼尔。临死前住在一家旅馆,他曾不无哀伤地想到,他出生于一家旅馆,怎么可以又死在一家旅馆呢?

可是对于不常出门的她来说,不禁暗中祈祷:上苍啊,你没有让我出生在一个旅馆,请赐我,死在一个未知的旅馆!

2017 年 2 月 16 日

之二 · 干净的旅馆

她最近走动比较多,因此,每次从投宿的某个地方醒来,都不知道身在何处。但是,从此地到彼处的旅行,却变得越来越干净了。

她几乎无法描述，什么是干净。比如，通常一进旅馆的房间，总会看到桌子上摆着两个杯子，旁边是一个煮开水的烧壶。

换了以前，她会以为有人刚刚在壶子里煮过蚯蚓。当然，如果他是一个心猿意马的人，是一个为自己的心思无比苦恼的人，他拿起壶子，往白瓷杯子里倒水的瞬间，他会看到，这种黑色昆虫被煮熟之后，它流动的肉体，是如何缓缓注入杯子的。

当然，如果他不单单为心思苦恼，还为有影无踪的情事而魂不守舍的话，那他可能根本没有注意到杯中的事物，而是当他把杯子拿到嘴唇附近之时，才在杯水中看到自己眼睛的倒影，才见到杯中蚯蚓的尸首。

像所有濒临崩溃的人一样，这时的这个人，如果还咬住自己的舌头，不发出任何声响，任凭恐惧把他吞没，他将被一种疯狂俘虏。从此之后，他将被囚禁在病院里，作为一个疯子，日日夜夜注视着花园里的一事一物。

可是今夜，在入住这家旅馆，倒水的一瞬，她没有在杯子里发现任何上述事物——除了白色的瓷杯，就是无色的杯水。

所以她知道，作为这个房间里唯一的客人，这场旅行，正在让她变得越来越干净。

在戏院

之一

记得梅葆玖好像是今年早些时候谢世的。想到大概在二十年前,他应京昆社邀请,在北大西门内的大殿里有一场演出。当时并未去观望,只记得是一个夏日的黄昏,晚云高挂,附近池子里的荷花刚刚出水,周围弥漫着隐隐清香。加上熙熙攘攘的人群,加上开场前丝竹和鼓瑟漫不经心的试音,好一副盛世场景。

再后来,又去过梅兰芳纪念馆,坐落在一条深巷里的一个老宅子,即便是夏天,也让人背脊一阵阵发凉。黑色的地砖,古旧的桌椅,发黄的照片,似乎内城的任何一个老宅子,都是这样的:狭窄的寝居,幽森的走廊,只是庭院还算开阔。想来也是,有一个院子才是重要的。读书人是忙于诵诗,做官人是俗事缠身,他是演戏的,虽然也算眉目清奇,却必须唱念做打,奔波于各个场合,扮演各种角色。如果夜不能寐,慢慢步出长廊,挪到庭院里,在树下或花前,一个人也总算有一个回旋的地方。所以当时特意多看了几眼院子,如今想来仍然印象深刻。

至于梅兰芳戏院落成,那是多年以后的事情。每每透过夜晚的车窗,看到这个庞大的建筑物里灯火辉煌,看到里面摆放着精致的戏袍、头盔、道具等,不胜唏嘘。时常听说天桥剧场或长安大戏院,有这样那样的演出,也只是听说而已,终没有亲临体味。因为让一个人去看戏,必须要有完美的理由。比如有共同爱好的挚友,比如有人生一大快事,比如有闲情逸致。我想我无论哪一样都没有,何必要到戏院里去?年轻时为赶时尚,去看孟氏的某场话剧,觉得好多台词和表演都过了火候,作为观众的我坐在那里,好像自己穿反了衣服或系错了扣子一般,脸红耳臊不已。所以这之后,也不会去赶什么中戏小剧场的热闹。再说了,就像宏大的国家大剧院让我无所适从那样,去南锣鼓巷凑热闹,人山人海的路人,必会让我更加尴尬。

之二

近日整理旧书,翻出近十年前的剪报,是关于皇家粮仓修葺完毕,并上演厅堂版《牡丹亭》一事。但当年终未成行。所谓厅堂,要有亲朋好友,有人生乐事,或者有美眷佳肴,有诗情画意,才不辜负曲水流觞,兰亭雅集。颐和园里的大戏台,肯定做不了厅堂里的浅唱低吟。忽然想起在徽州西递,见过一个老宅子,绕道到花园,见有一处堂屋,隔着池水,花木密植的山墙边,就是一个小巧的戏台,正适合唱一段丽娘殁去的折子。

说来也巧,好像在同一年,台湾的白先勇带着《牡丹亭》入京。是苏州昆剧团的班底,所谓青春版,坊间传说甚好,便想去看看。台湾自有它独特的一面,比如说台版图书,比如说林怀民的舞台,都做得很是用心。白氏本人,其家世离奇,个人生活也独树一帜,早年又看过他的文字作品,诸多原因叠加,便不顾孤零零一人,去了展览馆剧场,购票入场。

果然开戏不久,我就从中排的座椅,挪到了台前的过道,竟席地而坐,看完终场。中间遇到生僻的戏文唱词,不得不借助于投影在一旁的英文翻译,如此等等。后与人说及此事,众人也常常笑翻。我也常常借此,勉励诸君要学好外文,以派应急之用,尤其是观看从海外过来的老祖宗的劳什子。

对付这些陈芝麻烂谷子,亏得白氏想出青春版这一招。先在美国西海岸华人区成功预演,而后挪到大陆几所喧嚣跋扈的高等院校,经脾气乖戾的青年学子认同,经精英人士媒体宣传,经我等散漫市民捧场,这才得以妥帖运行。无怪乎十年前席卷全球的这场运动,从伦敦百老汇,到白氏人等,因为不能释怀儿时的一场厅堂惊艳,不惜千辛万苦,做了一场梨园演义。无怪乎《金融时报》专栏撰文说,这一番从阳春白雪到下里巴人的文化转移,可得需要市场营销方面的高人指点迷津,才能奏效。

之三

被美物美事袭击,人会有一种疼痛的感觉,它不亚于对一个人一见倾心的短暂之痛,也不亚于终生不得见一个人的久长之痛。

《牡丹亭》中所有的怡红快绿和诗词曲赋,都是为了成就花花草草惹人爱,生生死死遂人愿的梦想,因此充满悖论。比如,对自然之爱,超越了对人类之爱;死之恋,要高于生之魅;深陷其中不能自拔的人,则要以死报爱。世俗之爱,多恐是镜中水月。相思抑愤、生离死别为多,缠绵悱恻、宴淡相守为少。

去年夏天途经姑苏城,曾去往网师园一游。恰逢园中上演厅堂版《牡丹亭》的一个折子,不枉一窥。其时月上中天,偌大的老园子,砖石木瓦,被月光照得通亮,如同一块璞玉,加上池水丰盈，花草饱满；丝竹管弦，人声隐隐，竟有了恍如隔世的感觉。及至粉妆登场，惊鸿一瞥；游园惊梦，醉生梦死；怜词艳曲，好生悲喜。一行人，好像被推入园中湖水，几近溺水身亡，都舍不得离去。

好容易走开，转了几圈，我本以为可以出园了，忽然听到琴声琤琤，循声寻去，但见一位琴师，坐在堂中木椅上，正在专心致志地拨弄一把琵琶。这是另一个厅堂，可怜粉墨早已退场，只剩下琴师一人，沉醉在无望的自言自语之中。当时伫立良久，竟为他落泪了。

2016 年

云朵

　　我们到底该怎样描述云朵呢？它们是城市的奢侈，像善良一样稀缺，像独立精神一样金贵。你想象它们是玉树临风的男子，在传说的河边欣赏自己的年少姿容，不慎跌落水中又瞬间转世，有着人间没有的特质，能听得懂植物和飞禽的言语，能看得见你心中的波涛汹涌。但说在前世或来生的那个宇宙，烟波浩渺之际，看见了你眼中水初生、世初开的情景。片片云朵舒卷，你也可想象它们是几千年前的羊群，是没有主人的羊群，有一些孩子在和它们嬉戏。这些孩子去了天堂，不会再为课业担忧了，也不会再听到大人的训斥了。没有游戏规则，也就没有惊扰。是啊，你也可以想象它们是上帝的白袍子，随之在天空中踱步。这一日天气格外晴好，他决定向世人展示他宽厚的手掌，和穿着木屐的足部。千载难逢的韶光易逝，你在滚滚尘世的上空，看到了他微笑的牙齿，和一点点启示⋯⋯

白荷

史铁生曾说过,死是一场终将来临的盛宴。他经历过这场盛宴了。他经常提到的一个废园,即地坛,今天还是一个废园。作为极度孤独的天子祭拜天地的场所,天坛却是另一番样子,到今天还保留着当年的盛况。所以我想,作为彼岸的天,是容易营造的,作为现世的地,却困难重重。另一个供那个极度孤独的人现世消遣的地方,就是圆明园,说来也巧,今天也是一处废园!我去过这个废园也不知多少次了,一般是在春夏。春天,这里不是个赏心悦目的地方,只是在万念春生、人潮汹涌的四月,没有其他更好的去处罢了。而夏季,应该是可以一心去往、净心停驻的地方。我要看望的是那里的白荷。能工巧匠们要怎样努力,才能恢复当年的人间天堂呢?不能!那就在这废墟上挖出塘,蓄上水,撒上种子,等待人间送你千亩碧荷,万顷白花。那金銮画栋,那沉香玉璧,就让它们埋在地底吧。水之上,波浪生,叶之间,荷出没。到月初上,鸟兽散去,再至月西沉,我们就可看见张氏爱玲说过的那"三十年前的月亮",或者曹氏雪芹写过的这个故事:黛玉与湘云联诗。湘云执着于现世,便说"寒塘渡鹤影",岂料踯躅于彼岸的黛玉续道"冷月葬花魂"。

湖泊

布列松的电影《少女穆谢特》中,一个女孩贫穷悲惨,家中一片狼藉。可是她又自尊又自负。她会主动攻击别人,刻意把自己边缘化,同时不经意地在树林中,与一位狩猎者陷入令人不安的爱情。影片结尾,她穿着别人施舍的裙子,在河边的草地上不断打滚,直至让自己溺亡在水中。

我今天散步时看到了一个非常完美的湖,以及湖边非常完美的坡地,不禁想到了穆谢特,想到了溺亡之美,实在是美得令人发指。

在我看到今天的湖泊之前,我一直不能非常准确地理解,什么是孤独。湖上的这个船夫,哪怕载不到任何乘客,也必须发船,必须一遍遍地在湖上穿行。他必须穿过美不胜收的莲花,危险地存活于似乎深不可测的湖水之上。他的任何邪念,都会让他顿时失去凌驾于波光之上的能力。他必须全力以赴地以赴死的决心,殚精竭虑地用所有的技艺,维持他的现状。当然,他不能有丝毫孤独的感觉,否则他会立刻沉入水中。

池塘

　　观赏一个池塘，如同观赏一位异性，你看到腐败的特质，也看到倾心的美幻。在一瞬间，四野一片肃静，好像初次见面的惊心，然后，时间慢慢流逝，各种声音渐起，你也看到了不折不扣的细节。有一两只小巧的鸟雀，在莲叶上跳跃，似乎在选择是停留还是离开；一只孤独的蓝蜻蜓，在水面上盘旋，可是它肯定不以孤独为耻，如果它能找到一片蓝色的莲叶；一只乌龟，小心翼翼地露出水面观望，它害羞的表情，体现了保守和慎思的美好；一朵莲花在移动……是什么让它在众莲停滞之时，选择左右挪移呢？我忽然觉得是水中的鬼魅，挪动这朵莲花来蛊惑我。一如异性之美，在你发现长久的腐败之前，它是短暂的炫目之美，跃然水上，在世难忘。

　　一个沉静的池塘，如果试图用语言去表达，是会遭遇失败的，就像去猜测复杂的人心，万千种意念，忽闪忽灭。池塘之所以溢满了爱，是因为池塘之外充斥了仇恨。仇恨让市声尖锐刺耳，让街容肮脏不堪；仇恨也让大半年来天不降水，而一旦降雨，则汹涌倾盆，冷酷的冰雹夹杂着狂风肆虐；仇恨也让一些动物被禁闭于铁笼中，另一些则游走于饥渴的边缘。我曾听一个人说，世上最可怕的东西，是歇斯底里。而仇恨，就是埋下了歇斯底里的种子。反观之，沉静的池塘，体现了理性之美，如果理性，就是克制，就是温婉内敛，试图以所谓的爱意，化解一切仇恨。

郊区

如果，生无可恋，一个人完全可以把自己放逐到郊区。在那里，遥望城里的烟云，忽然不明白，人们为什么会杜撰出那样的图书馆、博物馆、盒子一样的公寓。在郊区，不多的垃圾要堆放更长的时间，才有人把它们慢慢运走，与城里相比，事物分解与离析的速度较慢。他人尖叫的声音，或一只昂贵的玻璃器皿摔裂的声音，要经历更长的路程，才能到达你的耳朵。因为植物如此疯长，叶子在飞快地扩张，花苞在毫不畏惧地绽放，泥土沃泽，蝇蚊肥硕，到处是蜂巢和蚁山的盘踞。这一切都缓冲了悲剧穿透的力度。当空气中弥漫的鸟兽的气味和声音，渐渐筑起了安全的牢狱，你便可以预想，自己完全可以在指尖上，忍住尖叫，抹杀掉一切预想的伦理颠覆。

园子

我去年偶然散步的这条小花园，鲜有人去。它掩藏在围墙和楼座之间，在庞大的城市里，是一个被遗忘的角落。可是，一年四季，它总不会让你失望。它是一个密密匝匝的生态园，鸟兽虫鱼自在生长。因为不太被人关注，它便越发狂野茂密，越发淋漓尽致地活着。这一点经常让我很感动。作为城市，几乎每个角落，都有看不见的控制和抗争，只有这个园子，介于地狱和天堂的中间地带，不慌不忙地把时间抹杀。要说花草，可就不计其数了。有月季、紫荆、玉兰等，如果你是个有眼疾的人，这万千色彩，可以矫正你冷眼看世的态度。要说蔬果，它也是个热闹的地方。有南瓜、架子豆、石榴、枣子和柿子。可怜有三两邻居，仍没有改掉垄土耕种的习气，还保留着乡间田园的愿景，所以不厌其烦地浇水培植。这一点也让我起了恻隐之心，比起那些困顿在钢筋水泥里的人，在咫尺方寸的居室里苦苦煎熬的人，这几位邻里，幸运地拥有了一小片园子。可是有了小园子就是好事吗？你种植什么样的植物，饲养什么样的小动物，总让他人看出你的社会等级来。比如你种了牵牛，养了鸽子，在这烟熏火燎的城市里，总要被豢养上等犬、栽培君子兰的另一些阶层讨厌。在深不见底的市井生活里，傲慢与偏见无处不在，险象环生的事件似乎在随时衍生和颠覆。

正在想着，忽听到前方啪的一声响，原来是一个青柿子落在了石径上。走近一看，地上还有好几个青柿子躺在草丛中。还没有长成，为什么就凋落了？仔细一看，原来柿子上长满了白毛，在掉落之前，它已糜烂三分。不禁茫然，这柿子年年开花，也辛苦结了果实，可终不能成熟圆满。它要么是不忍污浊之气，自绝于人间；要么遭了虫害，受尽苦难。它不会言语，我们也不容它表述，凡忧思愁绪，都郁结在其中，怎么能结出好果？忽然又听到哗的一声响，抬头看到一只长尾巴大鸟，飞离枝头。它展翅的一瞬，我看到幽兰的羽翼。好神奇的造化！这鸟经历了这个暴雨的夏季，也许心生去意，只是不清楚它要去往何方。我忽然恨自己没有翅膀，恨自己听不懂鸟语。因为也许如古书所言，这鸟是神的一种托身，可能由于我的愚钝，没有领略它的意喻。求知、爱、同情，罗素所谓的这三大人生支柱，我到底倚靠了哪一柱？

不料今年春天，来了一帮人马，对这个小园进行了修葺。所幸去年夏天我见到了它修葺之前的样子。藤蔓交错，遮天蔽日；花果互缠，虫鸟纵肆。误入之时，还以为闯入了世外之地，处处感到野性的胁迫，找不到立锥之地。它处在最繁华的市井，却立志做一块最荒凉的土地。所以它必定有无上的定力，原则不过有二：放纵自然，任由生长；或者苦心孤诣，在文明的夹缝中隐逸。前者倒也简单，破釜沉舟，一意孤行，舍去万千羁绊，换来沉静逍遥；而后者，估计得时刻警醒，才不至于在时弊俗乐的旋涡中溺亡。

于是工人们运来了几车的器械，几个日夜下来，园子便被改造了模样。铺上了碎石路面，安上了好些长椅。当时曾担心，这里又将成为某个城市阶层聚集的场所。但半年下来，发现真是枉费了心思！这里始终鲜有人光顾。究其所以，愁苦的下层，估计没有时间在此留恋观赏；纠结的中产，估计另有娱乐去向；隐蔽的上层，估计也不愿抛头露面。如此一来，这里依旧是草木疯长，鸟兽自得的地方。偶尔有人过来浇水，大部分时间，园子又被交还给了造物主。所以，花自开，果自落，不能自拔的鸟类在高树上交欢，并把排泄物洒在下面的长椅上。有时夜里刮过大风，次日径道上枯枝纵横；有时午后一场暴雨，草地上的残叶便凋败腐蚀。或者像今日这般，骄阳似火，园子里累累果实，剩下的一点繁花，烈焰红唇，向死而生！因为它始终是一个不可救药的园子，绽放得越是热烈，毁灭得也越是迅即。这种自毁，如同雪莱心中的念想，虽不愿承认，何尝不是一种隐秘的愉悦？这种自伤，如同特蕾莎修女的念想，虽不愿印证，何尝不是一种崇高的癫狂？

南方与北方

早就听说有个古老的南戏叫《荆钗记》。几十年后,终于在北京城看到了它的越剧版。

说起来是一言难尽。有个朋友,曾是剧团的当家花旦。她的祖父辈,原是民国时期唱京剧的名角,1949年后家里遭了变故,一家子也都散了。这次温州越剧团北上在梅兰芳大剧院演出,朋友拿了票,说此剧应该不错,于是相约一同前往。

该剧讲述的是南宋时,温州文人王十朋与其妻钱氏之间以荆钗为誓的悲欢离合的故事。说到剧中的这个同乡人物,因为是状元出身,又著书立说有些才情,所以民间有很多关于他的传说(20世纪90年代曾在旧书摊上购得王氏的线装文集一套,好像是清末民初的印本,只可惜这些年流离失所,再也找不到了)。这个故事来源久远,剧情唱词等有历代版本,所以算是完美。

几十年不再看戏的人,突然置身于戏剧场所,有一种恍如隔世的感觉。我忽然想起少年时期,曾经与同班同学一起跋涉很远的山路,去看王十朋的墓地。那是暮春时节,记得有男女同学情窦初开,故意落单,不远不近一前一后,默默低头走路的样子;少年们汗水淋漓,脱了毛背心,只穿着白衬衫的样子;漫山遍野,映山红盛开的样子……这些片段有颜色、有气味、有声音,如鲜活之鱼,在4月雷雨之后的流水里游走着,永铭于心。只是我已不记得任何一个同学的名字了,不知道这是十三岁的事情,还是十六岁时的日子;也不记得我们是否到达了目的地,以及王氏的陵墓到底是什么样子。

去年回乡时,听说王氏故里重修了纪念馆,叫梅溪书院,就过去看了一眼。是宋时的建筑模样,造在山下的一条大溪边,甚是灵秀俊朗。才知现在各地都愿意花费人力物力重建宗祠,修缮地方志家谱等。才感慨很多事物,终于又回归到它原始朴素的样子。拜祖尊先,传承建制,应该是自由自在就好,自生自灭就好,只要照着最古老的市井经验,照着最自然的世俗规范,就好。

戏剧终于收尾。满剧场的观众,想来都是羁旅在京的王氏同乡或爱好越剧的南人,全体起立报以良久的掌声。我也在最后一点丝竹声里,听到绵软的乡音,见到久违的乡人,看到大家扶着椅子离开,抹着泪水留着笑脸的,去拿帽子和大衣的,悄声细语打招呼拥抱的。只觉得这一个夜晚就像一生,一下子就过完了,即便意犹未尽,也只得落幕散场了。

现在想来,这个故事虽然有个大团圆的结局,不过像我这样满心狐疑的观众,一般会觉得这个结尾,不过是剧作家设想出来的愿景罢了。比如剧终唱词提及天道酬信,意指要信情爱,信盟约。殊不知时下这样的环境,又有几人能护得初心,守得白头?想来在现实生活中,幸福美满应该是极其稀罕的事物,而无处不在的悲剧,其广度与力度,无不超越了戏剧的想象。所以今夜应该有很多人,会像我这样,不免会笑着看舞台上的种种悲情,又不免会哭着看最后这个无比善良的结局。这又哭又笑,刚好黑白颠倒,实在是作为有肉身、有灵魂之人的必遭之罪,必求之赎!

祭江这一节,私下觉得甚好。两人双双过望江亭,至江心寺,祭拜瓯江，祈求超度对方亡灵。后来翻看同一曲目，才知有昆曲、京剧、锡剧、赣剧、粤剧、评弹等唱本，无不哀怨悱恻。此处越剧的版本，台上演来，是木鱼轻敲，鼙鼓微鸣，先入句的像是昆曲天籁，又像诗词清唱，而后转入徐派生角的华丽高昂，以及吕派旦角的柔润低吟，中间忽然丝竹顿哑，换作大提琴切入，浑厚安静，一如巴赫的琴声，似乎刚好适合虔诚的基督徒膜拜祷告……

全乱了，在我这里，古今中外乱作一团了。凡此种种，都是因了一场南方戏剧，在北方开演的孽缘所起。

故都

日前翻阅旧书，有燕京大学教授郑之诚后人撰文（有诗句"芍药最有情，年年不负君"，印象深刻），提及京西成府路的前尘往事（当年有望族为入圆明园觐见而建了宅邸，后来败落，今已无迹可寻），乃忆及二十年前避居此处街巷，感慨万千。郑的旧宅蒋家胡同二号，与我当时栖居的薛家胡同近在咫尺之间。我之前曾借居于附近另一民宅，却因年岁久远，不记得胡同之名了，然则旧城遗民，起居饮食，至今想来，历历在目。记得有槐树街，有蔬果晚市，有妇孺喧嚣，有面店小铺，有万圣书园。其时少年气盛，岂如今日情形？只是市井生活的斯人斯巷，今日已荡然无存。

在故都，一年中最好的季节，应是4月中旬至5月中旬，以及中秋过后至暖气供应之前这段时间。周作人在1924年著有《苦雨》，郁达夫在1934年写过《故都的秋》。他们两个都是南人，后来又都北上，所以在故都的夏秋之苦，自然体会最深。可是此处的春残夏盛，秋雨冬雪，没有人像我这样体验过。

春时，于我自然想起"莺飞草长"。南朝梁丘迟《与陈伯之书》中写道："暮春三月，江南草长，杂花生树，群莺乱飞。"所以我虽身在故都，却总是想到暮春，想到江南。说到早莺，要在杂花生树的地方，才能见到这精灵，或听到"隔叶空好音"，或遇到"春日载阳，有鸣仓庚"。所谓暮春，在江南，就是雨水浸淫、草木疯长的时节，就是江河水涨、云脚低垂的时节，就是漫漫荒野、虫鸟流音的时节。你在幼年时听到的那几声，要在你弥留之际来纠缠你；你看到的青葱翠色，要到你双目失明时夜夜生长。它是一种催人心疼的感觉。因为它如同神，有一种炫目的光芒，让你不知所措；如同命，让你在计算一生所剩时光之时，忽然不知如何度过。因为奢侈，只有一次，它的精深超乎了所有的想象，它的脆弱也会击碎所有的坚守！莺飞，草长，这莫名的愉悦，你总恨不得要留住它。

这里的初夏总是苦短。刚刚迎来了暖阳，忽然花落了，果子也生了。便想到光阴流走了，盛年不再了。想到萧红说过的一句话，对她也是一语成谶："去年在北平，正是吃着青杏的时候，今年我的命运比青杏还要酸。"

再说这苦雨。夏末秋初时常常大雨如注，从早到晚，不曾停歇。周作人曾著文，说及他蛰居京中，受困雨水之苦。旧时交通不便，南城北城相去甚远。加之时局动荡，人心叵测，芸芸众生，如惊弓之鸟。常见旧时报章提及中山公园的来今雨轩。凡友人小聚，自家出游，皆要去一趟来今雨轩，想来应该是当时各路人士城中留步的地方。但凡人流忘返的地方，想必有它的别致之处。要么是景色，要么是茗茶，要么是高士，要么是红袖清琴，或者有杂耍美食，有市井之徒耽于其中的玩赏。赶上大雨，必有多人来此一避；赶上苦雨不绝，也必有知心者，到此倾心一叙。可谓浮生浮世绘，全在来今雨轩。几十载光阴之后，不知它今在何处。但愿这铺天盖地的雨水，能洗去城中的污浊、愤怒、不了。如诗所言："愿这场雨永不枯竭。除非我被允许／现在为它而跌倒，或

除非他们将我 / 埋葬在那片将从一切火焰中 / 涌起的水里。"

至于故都的秋,我倒不想说内城的琉璃宫宇,是如何被金秋的阳光照得闪闪发光的。因为这里的秋,到后期,似乎都会随游人挪移到西山一带。到日落时分,你攀上天桥,放眼西山,但见雾霭沉沉,早已盖住了夕阳。灰蒙蒙的一片,是万家灯火,费力地发着微光。西山方向,有传说中的玉泉山;有名士梁启超,也有军阀孙传芳的墓葬;有卧佛寺的大佛及信徒们的晨钟暮鼓;有曾于碧云寺停灵的孙中山衣冠冢;也有黄叶村的曹氏曾呕心沥血写就红楼痴梦!郁达夫说的故都的秋,可没有提到如今这个几千万人口城市的怨气深重。

倒是这里的冬,凌冽得彻底,尤其是年关将近时。去年11月突降大雪,我独自一人去了圆明园。从南门入绮春园,只见红墙碧瓦印着肥厚的早雪,鸟雀在枝头兴奋不已。而后踩着没膝的雪,向东北去,过大湖,来到一处不小的荷塘。正值气温突降,塘水刚刚结冰,残荷举而不阿。四周有山墙遮挡,更显荷塘诡异丰腴。站立半个时辰,慢慢听见自己开始与寒塘说话了。所以独处的人,容易自言自语,可当时也没觉得是一种可耻。

西山两题

之一·孙中山衣冠冢

北京西山，历来为人青睐，或结庐或埋骨，不一而足。

今日天气清透，便移步西山碧云寺。至孙中山逝后的停灵处，已是暮色苍茫。气温骤降的空山中，但见月明星稀，鸦鹊南飞。

1925年2月，孙于北京行辕铁狮子胡同病重，自知不久于世，就国事家事立三份遗嘱。家事遗嘱中言："余因尽瘁国事，不治家产。其所遗之书籍、衣物、住宅等一切，均付吾妻宋庆龄，以为纪念。余之儿女已长成能自立，望各自爱，以继余志。此嘱。"因听到宋庆龄在邻屋悲啼，故没有签字。后于3月11日夜间签就，12日上午遂撒手人寰。

孙曾表示，丧殓等事，仿效列宁，以供后世瞻仰，勿忘革命。无奈苏联水晶棺未能及时运到，便匆匆入殓玻璃盖棺，并于4月2日移柩西山碧云寺，借厝于寺顶石塔。半月后遗容损去，只好土葬。

孙曾于南京紫金山，笑与左右曰："待我他日辞世后，愿向国民乞此一抔土，以安置躯壳尔。"未料身后，多有曲折。1925年4月，宋庆龄等赴南京选寻陵址。既定，国民政府开造中山陵。选定吕彦直之设计方案：陵园如钟，取其木铎警世之想。岂知总建筑师吕氏，终因积劳成疾，不久卒去，终年三十六岁，也一并立碑纪念。昔年工人修建金字塔，死后葬入坟墓。吕氏研制图纸，为陵园一草一步，殚精竭虑，孰料自己亦终埋于此！

1929年5月22日，宋庆龄率人，将孙之遗骸另殓铜棺，换下衣裳仍存塔内，即成衣冠冢。5月26日清晨，棺柩迁出碧云寺，当日各界人士俱到。碧云寺内白衣素裹，棺柩由多人扶持，一步步下得台阶出寺，正如1925年4月2日，棺椁由多人扶持，一步步上得寺顶石塔，其间多次换杠；当日京中有二十万人送葬，另有三万人步行送至碧云寺。

1929年6月1日，灵柩移至南京，行三日公祭，于白色卧像之下，掘地五米下葬，棺上雕有白色卧像，类于中世纪基督徒做法。至此，移梓奉安，终于完毕。中山陵几十载，历经1938年南京屠城，1949年改朝换代，1966年移山造海。孙一生信奉天下为公。帝制已废，鞑虏驱逐，共和初立，鞠躬尽瘁！

碧云寺始建于元，清时大修。亭台楼阁，属明时模样，各种塑像供奉，京中罕有。去年夏天，我也曾前往拜谒。时值日薄时分，沿青石步道，一路上行，遇村中老者，但说此道乃为宋庆龄四处奔波，筹集善款，雇人修建而成。

当日便想：宋庆龄年纪轻轻，遭此不幸，实属不易。年年岁岁，拾道青石，于碧云寺祭奠，从停灵处，到衣冠冢，外人岂知个中苦楚。去年曾攀到寺庙第五层停灵处，也像今日这般，正赶上暮色四合。当年灵柩就停于中间屋隅，宋庆龄休息处则在东侧厢房。记得庭中草木葱郁，有玉兰一株。其时东厢房处刚好举了灯火，檐瓦上山风过处，清冷异常，好似看到当年的宋庆龄，忧容尚在，一袭黑衣，孑然独坐的模样。

今日细看庭中草木，并无玉兰，倒有松柏十棵，七叶树（又谓菩提树）一棵，共十一树。至移柩的1929年5月末，料此七叶树正当发花无数；料彼时的宋庆龄，痛定弥坚，反而心如止水、爱意豁达。

出了山门，见路旁立有一牌，上书纪念孙中山诞辰一百五十周年纪念，并有孙宋两人留影一帧，旁刻"爱、怀念"诸字，甚得我心。

仍是拾青石步道下来。路旁有兰溪小馆，去年夏日出寺后，曾与家人于此用饭，灯影里笑语盈盈；今日我一人独上碧云寺，值此暮色时分，哪敢靠近灯火，于是落荒而去。又见路边一店，仅出售两物：宝剑与拐杖。想来也巧，年轻时仗剑出行之人，到头来也就落得拐杖一根！

2016年12月

之二·梁启超之墓

于暮色中，独往一块墓地，可见一意孤行。

其一，梁公相信西医，却死于手术意外，此种讽喻，世间少有；其二，过去几十年我历经西山无数，却每每于琐事中不得脱身，或因手上光阴不足，或因迷途不识道路，终于未能拜谒；其三，虽然荒山野岭，夜色沉沉鬼魅隐隐，但如人所言，我四十余年，只欠一死，又何惧之有？其四，梁公生前，爱惜青年如命，我虽已身残志陨，却原也是一介热血青年，虽然乱读书一事无成，却也赤诚干净，因此估计梁公并不厌恶。

这样想来，便到了墓前。顿感肃静，于是小步悄然入园。草木森严，新叶与枯枝交互，正是清明节后不日，容衰不一。见一高大石碑，立于门内左侧，因天色向晚，未知刻有何字。又见墓前，有其女梁思庄之墓，曾任北大图书馆副馆长云云。梁家子女众多，为何独葬此女于此，或为父母独宠，不得而知。拾得石阶，步上墓台，见有花圈置于墓前，上书"兴中华鞠躬尽瘁"，为清华大学学生会敬挽。墓石刻有篆隶大字，因暮色苍茫，始终未认全。墓后右侧，由梁氏子女，手栽一松，谓"母亲树"（纪念梁公侧室王桂荃）。正欲转至墓后，忽念此处乃为逝者安放手脚之处，不宜惊扰，于是退出。

忽闻林中枝叶断裂之声，只听呼啦一响，有一物从眼前一纵而过。惊魂未定，待转身，见其已无影无踪。但觉天色骤暗，梁公如要起身，出松林，踏初生春水，微波浩渺，向西山，越层峦叠嶂而去，正是十二分夜色，寸金寸光阴，须臾不得浪费之时。自知不便惊扰，便鞠躬撤去。

后从西侧寻得一小道，出小门，见有一村人，抑或流浪者，于此孤零零筑了两间平房茅舍，于小院里堆砌诸多杂物。料想梁公是清净之人，自然不喜有这等干扰；转而又想，就算此人为墓地守园，亦未尝不可，如遇暴雨惊雷，或可与梁公为伴。人生一世，匆匆忽已；难得是死后无数世，漫漫无有已！孤绝之下，如有人为伴，或可不顾阶层与趣味之差别。

这样想着，便出了西门，回头见一小亭，隐立于树丛之中，小巧可人，正适合扫墓之后的梁氏后人，出了园，于情殇意阑处，攀到亭上，取出小食，就着薄酒，与西山对饮。此时抬眼，但见西山余脉，已陷入深重暮色；近处坡上，玉兰尽凋，花冢自成，白落英与墨黑夜，两两相映——正是无边愁绪，欲盖弥彰之时！

2017 年 4 月

在废墟

之一

能把一群鬼魂关在围墙里的，也只有这片废墟了。

你可能不明白，它的围墙并不高，怎么可以囚禁这么多魂魄；可是你有没有听说过，世上一个爱字，就可以让一个人永坠地狱？一条规则，可以束缚万众于城墙之下。更别提，人间有无数自愿的投降，数不清的奴役，存在于眼睛和文字难以抵达的地方。

所以，我深信不疑，在这个园子里，关押着许多鬼魂。要不，我每次经过围墙外面，总是看到大片大片的云朵，朝着围墙里面挪移；遇上大风的日子，云朵简直就是飞奔而去。你可能没有听说过，意念可以让河水倒流，更不用说，由水滴组成的云朵，会轻易被围墙里的意念夺取。这些绵厚的白色物体，在被抓走的时候，披头散发，几近支离破碎。可是一旦进入围墙里面，马上又聚拢过来。这时候，它们就像抽刀断水之后的流体，在它们由衷的软弱里，生长出经久不衰的坚忍。这时，在围墙上方的天空，浮云就成了鬼魂的爱侣，虐恋的它们，在偌大一个园子里，肆意嬉闹，为所欲为。

我相信园子里住着鬼魂，还因为园子外面的马路上，上演着悲情的车水马龙。片刻的汇聚，总是不知所终，让经过的每一个人，每一件物，获得了反物质的永生一瞬。

像今天这样晴朗的天气，你在园子里，是肯定找不到鬼魂的任何踪迹的。听说它们没有重量，那就可以用任何形式，依附在任何物体上。园子里的草木,都按照秩序生长,这一点,估计已经死亡的历代园主最为清楚。所以松柏苍翠,在山坡高处,享得雨露阳光;灌木藤蔓,在阴影低处,夹缝杂生。

有时候园丁也过来作业,可是园子太大,他难免应接不暇。而一意孤行的园主,虽在离世后恍恍惚惚,无所事事,春时也难免闲散起来,他允许园丁在长椅上昏昏睡去,决定自己出手劳作——除去闲花野草,栽种他喜爱的植物。这就是为什么,有时在倾塌的石头构件旁,看到稀有的草木茂然如初,我并不吃惊。我知道人有三死:断气之时,埋葬之时,被人忘记之时。所以一个人的皮肉死亡,并不意味着他的魂魄消亡。

既然鬼魂的出没不拘形式,我也就不用刻意去寻找了,遇见的不定都是它们的化身。从西边游人稀少的寺门进去,一会儿便到了一潭湖水旁。忽然听到禽鸟的鸣叫,一抬头,竟然平生第一次看到野雁,飞得那么低浅,居然看到了它的肚腹,圆润丰满,蓝绿的羽毛,闪闪发光。这好比不小心看到了神祇,看到了他的一只兽角,以及他粗心大意而露出的一只健壮的蹄子。这时你不免会感到恐慌。

夕阳临近远山时分,我已转到园子的西北角。在起伏的山丘间行走,坡地上,树干上,忽然洒满了金子。说到金子,当年园子里尚未被洗劫一尽的金子,估计都被鬼魂们搬出来,当作玩具嬉耍了。对于远离俗世的它们来说,钱财并没有什么意义,正如它们手上的光阴,多得到了让人厌烦的地步,所以随地丢掷,就像丢掷骰子那样自由任性。说来也是,谁愿意跟鬼魂论理呢?不一会儿，它们就大把大把地将金子扔到湖水里。我抬头的时候，忽见晚霞绮丽，这才明白，由于水中的金子数量繁多，于是把天上的云朵也染成了红色。

因此鬼魂的格物方法，与我们世人是截然不同的。比如我们只有一生一世，所以执着于因缘际会，珍重忠贞长情，对待离弃悖逆，难以饶恕。而鬼魂呢，由于虚妄不死，所以对天长地久的事情，早已失去耐心；对于所谓的不渝，更是嗤笑不已。或许就它们而言，最适合的言行则是转过身，世上再无绝情的人；或者，每次相遇，都是久别重逢的人。

天色渐晚，就着最后一些光亮，我看到前面有个小巧可人的湖泊。园子里的湖水真是多啊。所以在春林未初盛、春水已初生的二月末，尤其是几日前下了一场薄雪，而后晴和转暖之时，湖水便变得分外妖艳，而且夜色越深，湖水越是清幽，这多半也是雪水消融的缘故。

我半年多前路过此处，曾经看到一片特别美好的坡地。那时是盛夏六月，荷叶千里的湖边，有一块青草浅坡，天生一个绝佳的倾斜。如果你从坡上滚下来，便可以准确无误地、轻而易举地落入湖中将自己淹没，像水鸟落入荷色，乃是天造地设的完美。

而此时此刻，天气料峭。尽管青草枯去，裸露的山坡仍然是冷骨铮铮的完好，可是没有荷叶掩映，落水的瞬间溅起的水花恐怕会打湿岸石；其次，假若身首上浮，没有遮挡，恐怕会让鸟兽惊栗；再者，早春的踌躇新绿，也盖不住湖水单薄。想到这儿，便弃了妄想。这个时节在湖中溺沉，估计会有诸多的瑕疵。

这样边走边想,不觉到了近南门的主路上。人迹多起来了,轻声细语也有了。可是这是无月的墨夜,泱泱湖水,让人影憧憧变得渺小;沉沉夜色,清冷的路灯仅能照见前方几米的地方。在路过一座石桥的时候,我步下台阶,又回头望去——但见远处行人隐隐,步履轻盈地经过桥体,映着漆黑湖水,映着树影婆娑,而后悄然无声地消失了。

怎么这么轻易就过桥了,还笑盈盈的?听人说,过奈何桥不能回头,还得喝孟婆汤!可是今夜,在一个鬼魂出没的园子里,我好像过桥了,而且在不知不觉中,在一点欢欣中就过去了,尽管这点欢愉是异样地稀薄。

2017 年 2 月

之二

我们的乱石,

堆满了众神居住的高山。

——聂沛

1

这个庞大的废墟,坐落在一个庞大的废弃花园里,离我的住所,也就步行半小时的路程。可是过去近二十年,我居然没有再踏进一步。究其原因,不外乎两个。其一,谁忍心把罄竹难书的悲剧再看上一遍?我曾听一人说,他无论如何都无法在诗歌里书写他死去的父亲。因为每每当他试图提笔,父亲临死的情形就会历历在目。所以这位诗人说——我为什么要让我的父亲再死一次,我为什么要眼睁睁看着他再死一遍?其二,废墟公园近十几年来一直收费,如人所言,就国难收费似是不妥。措辞虽是刻薄,可有什么更好的词语来消解这一事实?当然最好的想法是,如果一切都未曾发生,那该有多好。清水婀娜,芙蓉不老;奇石拱斗,榫卯交错;小兽玲珑,鸟尾修长;日落时万物暗淡,月升时天地同辉……

可是,今年来烦事诸多,今日里见春风和煦,我便不觉又走到这个废墟里来了。奇怪的是,我没有按平时的习惯左转朝湖边走去,而是在园中园的废墟门口停了下来,径直购票进去了。我忽然像一个垂暮之年的人,原谅了所有的人与事,渴望在有生之年,再看一眼人间景物,哪怕是不堪目击的景象。

2

待进了大门,才猛吃一惊:这方圆好几十平方公里的废墟上,竟然林立着那么多的石头,它们比二十年前我见过的更加惨白,在艳阳下发着夺目的光彩;而络绎不绝的游人,黑眼睛黑头发的同胞们,尚未来得及褪去深色的冬装,正缓缓穿行其中,两两相照,好不壮观。这是我们自建的人间庙宇——像穿行于传说中大象们选择临终寂灭的神山圣所,直面它们皑皑的白骨爪残;又像经过漫漫的尼罗河谷,看见法老们依次把石棺打开,揭去紧裹的亚麻尸布,好让我们看到他们完好的骨骼。

可是纵然是白骨,也难以经数百年,历风雨仍然无损,更不要说那凝肤膏脂、金缕玉衣,那珍禽异兽、亭台楼阁,那风花雪月、繁文缛节。只有石头,因为刀枪不入,无情无义,尚能留存下来。可是我又觉得与以前相比,似乎这里生出了更多的石头,那些工匠像被施了魔法一样,仍在昼夜不停地开凿雕刻,把他们玄思臆想的无穷细节展示出来——要不,为什么这些石头的刻痕,看上去像刚从手指的温热摩挲中出来,栩栩如生?这为艺术而艺术的盛宴,不厌其烦、皓首穷经的狂热,难道不是我们人之为人不得解脱的诅咒?

转眼之间,我就落在了千万人流之中,成了朝圣队列中叩首前行的一员。不断有游人组团过来,伫立在某一片石头废墟前,这时他们的导游,就开始了作为"大祭司"的讲演:这个大水法,两侧是高达十三层的观礼台,中间耸立的石门上方空缺的一块,原来是一个喷水龙头,往下注入这个大水池,池中一头铜鹿的八只角,都往外喷水,它的四周又有十只狗,都往这只鹿身上喷水,其用意是"逐鹿中原"⋯⋯这后面正对着的这些石头屏风,雕的都是西洋兵器,原来放置着皇帝观赏喷水的座椅,那轰隆隆的水声如此之响,以至于他和左右随从说话时,都不得不打手势。整个结构坐南朝北,没错,历史上第一次不是坐北朝南,有人说这可不好,可他偏就不听,非要一意孤行,这不,果然引来了人家的船坚炮利,最后整个园子都被烧了⋯⋯

这盛大礼拜的以身说法,像极了道成肉身之前的那位牧师,充满了警世的一语成谶,殷切的希冀与愤慨的抒情咬合在一起,劝阻与激励并行不悖，智慧与讽喻难解难分。而我们这些蝼蚁众生，像在人声熙攘的广场市集，突然见证一位奇异的远客莅临，其作为有使命在身的人，开始了一场永不枯竭的演说——这些只言片语，若被行乞途中的盲人荷马听到，就可能被铸进史册；若被忍辱负重的游吟诗人听到，则会进入他的口唇相传——像华兹华斯一首长诗中那位神秘的老水手，突然向婚礼现场的众人，说及他经历的灾难——暴风如何截断桅杆，海员坠击到黑夜的甲板，加入死者的队列……

警钟长鸣于斯人斯世：我只觉得耳朵里惊涛骇浪，胸臆间星河鹭起。这地球，这宇宙，以及我们的生存，即便有千言万语，也难以穷尽道说。同一个故事，有不同的版本，在不断地传说中，又被添加更多的细节与态度。比如这位讲演者，似乎注入了些民族主义的情绪。说起这个主义那个主义，在历史的深渊里，可谓一言难尽。我也差点忘了，这座废墟的南侧，还坐落着一所大学，近日读到一则新闻，说几位教授辞职，原因是呼吁大家，要以老校长"兼容并蓄"的精神为楷模。但后来有人指出，说孑民先生也未必完美：他曾迫于时势，制造名单一份，将待罪人士一一列出。我又想起邻近的一所大学，乃为当年朱佩弦的供职之地。那工字厅之后，便有他在文字中述及的荷塘月色。此文做于山雨欲来的1927年，难怪他胸中块垒，见诸文字，便是欲言又止，呜咽失声。如此种种叙事，其繁复逆转、真伪难辨的情形，不免让我们也觉得步步惊心。

3

　　这些乱石的陈列,具有千钧之重,还因为在汉白玉的废墟上,寥寥生长着几棵山桃树,有已绽的白雪,也有含苞的红粉。这个园子过去极尽繁华,奇花异草不计其数,如今仅剩得这么几棵植物,因此,似乎所有的素净妖娆,都移挪到这些枝条上了,它们浮云一样的颜色,有一种浮世绘的轻巧,所以使得白骨一样的石头,分外沉重。

　　说到轻与重,它们如同悲与乐一样,难分彼此。同样在春天,在日本,看樱花的人,其哀情与欢愉的界限,是难以区别的。当花期随着季候的翅翼,由南向北推移,那看花的肉身,便将哀与乐的情愫次第传递过去。短暂的怒放,饱含了长久的隐忍,所以这转瞬即逝的欢愉,也让人联想到似影随形的哀情。《源氏物语》里,源氏每每有欢喜,不管是情色的温软香艳,还是乐音的绕梁不绝,还是风景的天然自成,还是诗词的怡情高远,他都不免落泪见哀。比如,他似乎知道,在此处得着三千爱意的藤壶,会在彼时,于嵯峨野落得三万孤冷。

　　今日在废墟上观赏春华的游人,也是如此,料必多是像我这样悲喜交加、哀乐莫辨的人。可我偏又明白,在春光里,弱冠之年是愈发好看;耄耋之年,则愈发丑陋。可是正如人所言,哪有人掷了明媚不看一眼的?所以哪怕"白头搔更短",也要"扶杖过桥东"。

　　所以这众多的朝圣者,即便拖着衰败的容颜,也要尽享一路上的片刻欢愉。至少,他们凭自己的意愿,还可以向前挪移,而这满园的石头们,则寸步难行,正如死人不会复活——但如果死者的灵魂不灭，或可成为幽灵。可是我又听说，幽灵注定有一种轻巧，使得他们只能痛苦地飘浮在空中，根本无法自由坠落。这也是我曾想象过的情景，并曾记录如下：

即便是幽灵也感到口渴
他攀到广场的尖塔
向下俯视
可是不可承受之轻
让他无法坠落
…………

4

从废墟的侧门出去，要经过当年的养雀房，用玻璃房罩着，保存了当时考古发掘的现场。数百块汉白玉巨石，横七竖八地置于地上，可见当时兴师动众的工程浩大。据说此处只养珍稀的白孔雀与蓝孔雀。那雀也是通性情的禽鸟。它们如果看见姿色上好的女人过来，鲜衣靓服，珠翠纷披，便会纷纷奔过去，竞相开屏。因此，引得人人争往，趋之若鹜。皇帝便规定：臣子需得四品以上的头衔，方可观望。我当时也不知怎么回事，心中竟然忽然起了一个恶念：这个园子还是烧了的干净！呜呼，就像看见万千个分裂的自我，为自由与平等在俗世与乌托邦的天堑之别，誓死辩争，其情不也可怜？

出了侧门，就进入一条宽巷，来来往往的是载着游客的电动代步车。园子太大，实际上还在当年的大花园里面。抬头时见左右围墙里，是连绵的山坡，坡上忽已柳色青青，白雪与红粉的花海，竟如云霞一般，都要铺到天边去了。还见着几只鸟鹊，亮出新成的尾羽，在枝条上随风摇曳，一片祥和。

当时心想，去年一年未曾降雪，一连三月未曾降雨，天气与人事一样反常，让人苦不堪言。所幸今3月中旬，终于得了半日飞雪，没想到十日后，难为天地有情，都回报为桃红柳绿。这时候回望自己走过的废墟，忽然生出一种幻觉来：莫不是这绚烂人间，一如《聊斋志异》里狐仙鬼魅的醉乡梦场？因为对人世的种种忧思愁绪，我竟然以为，这一切美景都是假的！可是，我又真真切切地看到了。可是，在非此即彼的宿命里，如果这一切都是真的，难不成这个我，以及我的所思所想，都是镜花水月？

这时忽然记起，自己今天是从东门入园的。在废墟入口的边上，有一个极其宽广的方池，为当年的园主为他的爱妃所建。夏日草木青葱，池塘上睡莲盛放，不可方物。我一个星期前来时，尚有浮冰。今日天气乍暖，还以为能看到一顷碧水。没料到，水已被抽干，见到了我从未见过的塘底：死去的蚌贝，在太阳下发着异味，令我诧异。再一打量，发现池塘大概有一米半之深。当时又是一惊。因为我早年看过布列松的一部电影，说及一个十分乖戾的女孩，穿着一件从别人那里借来的毛衣，经过湖边公园时，她在不断地观望，到底哪一处的山坡最最完美？从哪个最最完美的山坡滚落下去，才可以不溅起任何水花，也不惊动任何路人，最最完美地溺亡？

我今日也有一个发现：夏日里这个池塘，应该就是一个完美的地方——岸边满是残垣断壁，雪白的汉白玉部件，精雕细刻，在你滑入池塘的瞬间，如果不巧倒立水中，那一人深的池水，刚好可以掩去身体。此处池水丰盈，莲花曼妙，蓝天白云之下，鸟雀在水面低徊，此情此景，今生今世，舍其何求？

我记得当时在岸边走了一圈，曾试探着步入干涸的塘底。塘泥湿软，上面满是去岁的残荷与枯枝。可是才走了几步，忽然心生恐惧，退回岸边去了——担心自己身子过重，会陷入塘底。这是一种不可遏制的诞罔之思：到底有谁知道这个池塘的深度？当年发掘，他们是否已探测过每个角落？挖出的巨石，堆在岸边，未曾挖出的，是否永陷在黑暗之中？在充满了阴谋与算计的皇家宅院里，到底藏掖着怎样的夺命机关？因为我忽然又想到很多人说过的一句话：湖水清澈，犹如镜子潋滟。比如，在博尔赫斯的穷思浩想里，就有一个痴迷于探知夜间镜子的人——他不顾一切警告，执意要窥视午夜的镜子，终于见到了自己的骷髅镜像，于是也就一命呜呼。

可是在上岸以后，在打算去往废墟之前，我在转身回望的刹那，忽然看见一个小孩，跑到了湖的最中间，之后继续奔跑，如干净的鸟雀，如戴着护身符的仙子，一下子就到了对岸。我忽然艳羡起这个孩子来了，在我的肉身过于沉重以致陷落，园中的幽灵过于轻巧而不能坠落之间，这个小精灵，竟然以轻盈之身，渡过了镜子的无边潋滟。

2018 年 3 月 25 日

第四辑

流浪者

当哲学家们探讨哪种生活方式损害最少时,形而上或形而下,流浪者们直接就付诸行动。没有谁比他们更决然地奔赴自己的生活,比他们更宿命,也更放浪。

将近午夜时分,我们沿着海岸搭建的木板栈道散步。步道的左侧是繁茂的植物和昏暗的路灯,右侧是宽厚的扶手,扶手之外是黑夜之下的大海。我们只听到起伏的海浪,却看不到远方的一切。

无边的漆黑已吞没了白昼的所有景象,世界突变,凶险顿生,好像我们突然双目失明了。期间我不时放慢脚步,使劲地辨别方向,好像海上起雾了,又好像下雨了,因为步道的扶手变湿了,咸碱的滋味开始弥漫。不久我发现自己已被同伴落下,开始是看不到他们的身影,后来连他们的声音也听不见了。前方出现一个有灯光的小隧道。我加快了脚步。可是进了隧道,几乎伸手不见五指。我不敢再往前了。犹豫了一会儿,我决定掉头回去。忽然,我听到了琤琤的琴声,原来在隧道的另一头,有一个流浪汉,在用吉他弹唱。

他在唱什么?"当你老了,头发白了……"他清朗的声音在隧道回响,难为他这么平静,波澜不惊,不怒不喜。我不禁左思右想,我该怎样经过他身旁,我该对他做些什么呢?

突然想起保罗二世年轻时,曾是个剧作家。在一部关于波兰历史人物亚当的剧本中,他写道,这个青年走过街头,撞见了衣衫褴褛的乞讨者,他不禁自问:我该怎么办呢?以恻隐之心,施对方以钱财,还是迁怒于社会现实,发动革命?还是散了家产,亦步亦趋圣方济各的后尘?

可怜的良心受到了鞭子的拷问。因为,我们也许比试图施舍的这个人更加贫穷!

在空无一人的海边,坚硬的黑暗,黑过了最黑暗的心脏,如康拉德临渊的非洲腹地,或者奈保尔履冰的西方丛林或东方陷阱。我也想起了电影《发条橙》惊人的开篇,也是在隧道,一群愤怒的青年,把一个流浪汉群殴致死!

如果他是个能学会转身的人,希望他不会为碌碌无为、一生虚度而羞恼;如果他也有家人,他为什么要离开他们?难道是作为地狱的他人,使他孤老终生?如果他孑然一身,在奔赴末路之前,是否已如苏格拉底那样,把死亡思考得一清二楚?

但愿他如罗素所想,明白人的老去像流水汇入大海,是一件自然而愉快的事情。因为让一个无助的人,无助地离开这个世界,再也没有什么比这个更不公正的事了!

我想起菲尔·科林斯的一首歌曲《天堂里的另一天》,写的是一个男士在街头,遇到一位无家可归的老妇人。她说天气寒冷,她问哪儿可以安身。他假装没有听见,穿过马路走了。可是他记得她满脸沧桑,她脚上还有伤疤。他想万一有一天,在天堂遇见她怎么办?在天堂人人平等,他将羞愧于自己在人间的做法。道义和良知拷打着他的心。他说等一等,也许我得三思而行,也许⋯⋯

我又想起在旧金山看到的无数流浪汉。除了同性恋者、科技工作者，这个城市也是流浪汉的天堂。这三类人有着共同之处：桀骜不驯，剑走偏锋，沉迷于自己的爱好不能自拔。而这个习俗，来自20世纪60年代的嬉皮运动。在这之前，是"垮掉的一代"在一个叫作"城市之光"的书店举行的诗歌与音乐盛宴。在这个国家的西海岸，谈论东部传统或家国正义，是会被人耻笑的。对于流落者，这里阳光充足，海水蔚蓝，一年四季里天气和煦，他们不受严寒酷暑之苦，衣可蔽体即可。他们可以无所事事，大大方方地虚度光阴；可以躺在街角晒太阳，也可以四处游走。

众多的流浪者，每个人走出这一步，都有每个人的故事。有离经叛道的，比如刻意追求极简生活，他们浊世独清，用身体力行来验证物欲泛滥的错误；有遭遇人生变故的，来到这个群体，找到了暂时的栖身之地，希望能够东山再起；有心理受伤、吸毒酗酒、精神分裂而流落街头的……凡此种种，不外乎是由阶级、种族、性别，这现代社会的三大顽疾所引起。

多年前我曾收听一个系列广播节目，它对全美很多城市的流浪者做了跟踪采访。在北方，有一个流浪青年，冰天雪地里光着脚。有位好心的警察，给他买了双靴子，他却婉言拒绝了。因为他说在这个没有新靴子的群体里，如果他拥有了一双，必将遭遇杀身之祸。他的世界有着超出我们理解力的黑暗法则。

还有一位女性，原本有一个安逸的家。忽然她丈夫丢了工作，变得暴戾异常。这时她就告诉他，房子车子你拿着吧，唯独我要走了。她带着她唯一的有智力障碍的孩子，先是住在房车里，后来就住到了街上。她的例子证明了世上确实存在像她那样的人，不能容忍也不愿妥协，进而把流浪当成一种立场。

很多城市都有志愿工作者，他们或自发出资，或敦促政府，建立流浪者救助机构。可是，正如好几位无家可归的人所说的那样，他们不能说服自己接受施舍。所以流浪，如同贫穷、毒品一样，是我们这个世界不可取胜的战争。因为骄傲，自由，独立的人格，还有一定程度的疯癫，是世界之所以存在的基石。

说来也巧，昨天刚好看到这篇报道，说有一个理发师，每个周末上街，免费给流浪汉剪发，让这些无家可归的人，颜貌焕然一新。可是等一等，又回到这个问题，你愿意回归流浪之前的生活吗？

在你扮演的诸多角色里，哪一种是最真实的？还有，生的旅途如此凶险莫测，你确信自己的下一步比现在更好？你到底如何抉择，在此时鄙弃彼时的轻浮，还是在彼处庆幸此地的脱逃？

扫烟囱的孩子

进入 8 月中旬，京中的天气就是有一日没一日地下雨。这雨已不再像六七月份那样的急骤。彼时的雨，是突然从西山聚集了云气。

此时的雨，似乎正合了周作人所言的苦雨。夜间风吹帘动，起身关窗，但见雨点披靡，可是不急不忙，誓有将长夜穿透之势。屋檐下墙壁上，树影乱晃，花木疏移，便感到郁达夫所说的故都的秋就将逼近了。设想京西的群山余脉，似乎就将是马致远所述的枯藤老树昏鸦的时节了。一年之中，冬春漫长，夏秋苦短，所以更觉得此情此景，一如浮生梦场。

雨后的校园，正是夏花将尽，秋蝉乍起之时，湿软迷离，空旷寂寥。实际上整个假期，孩子们走了，大人们也纷纷离开此地，天南海北地度假去了，这儿就成了被梦收回的地方了。自从上次割草人来过以后，断断续续的降雨，使得万物再一次被疯长的草木俘虏。枝叶形体硕大，果实丰盈垂坠，花园分岔的小道，似乎难以探足进去了。羽翼修长的鸟雀，在篱笆上起飞又降落；神情莫测的小猫，在长椅上蹿上又跳下。而野藤蛮生，攀上海棠等高树，长出奇异的白花，雨后沁骨幽香，才小立片刻，便觉凉意入袖，怅从中来。

忽然间明白，一学期的课业忙碌，正如所有大人设置的游戏一样，在孩子们看来，一定是冗长无趣的。时辰一到，他们只需拿出魔杖，放出一阵轻烟，就可以逃之夭夭了。

似乎很多孩子的成长里，都有一种隐秘的忧伤。所以他们才会走到镜子中去，爬进一个柜子的抽屉里，或者墙上的一幅画中，在阁楼或地下室，跟随一只兔子或一个稻草人，一转眼就出了烟囱，就到了另一番天地……

自 19 世纪至今，无论是魔幻，奇幻，还是科幻，一切相关艺术的诞生，都是因为现实生活的忍无可忍，以及不可承受之轻。童书之生发，似乎也不是只给孩子们阅读的。想象一下，让狄更斯潸然泪下的雾都孤儿，让布莱克愤而击掌的扫烟囱的孩子，让马克·吐温嬉笑怒骂的汤姆·索亚世界的人情世故，让卡罗尔揶揄的荒诞不经的社会，让托尔金呕心沥血的中土王国，让卢卡斯心醉神迷的星战系列，让罗琳念念不忘的魔法世界，以及让无数孩子沉迷忘返的漫威系列，以及宅文化的动漫人物……可见现实有多么狭窄冰冷，想象就有多么高远温暖……

说到扫烟囱的孩子，在血泪交加的工业革命时期，实际上就是一种童工。孩子们四五岁时入行，烟熏火燎，自然落下疾病；长到七八岁，形体大到爬不进烟囱之时，也就失业了。就如其他的百行百业一样，这个行业也要拜师学艺。《雾都孤儿》里，就有一个歹恶的师傅，盘剥虐待幼徒，导致有孩子死在烟囱里。而天才诗人布莱克，当他敏锐的目光看到这些孩子时，便以恻隐之心诉诸笔端。

说来也巧，昨夜雨声灯影里阅读，意外地发现了两张扫烟囱人的旧照。拍照者是著名的摄影师 E.O. 霍珀。他漫长的一生，跨越了 19 世纪后期到 20 世纪后期，加上游历广泛，所拍摄的五千多幅照片，可以说是见证了20世纪最重要的发展变迁。他不仅拍摄大城市的工业盛况，文人政要，也拍摄远乡异域的风土人情，贩夫走卒。在声光影色发达前的时代，他留下这些影像，今天看来不无震撼，尤其珍贵。

扫烟囱这个行业，曾经非常庞杂。电气时代之前的生活，从家庭的烧饭取暖，到工厂的动力运行，都得保证烟囱的通畅无阻，加上一些遗世贵族的府邸城堡等，使得这个民生行业甚是兴旺，所以需要一支庞大的队伍，除了孩子，还有成人加入。后来随着集中采暖等生活方式的出现，才逐渐凋败。

E.O.霍珀的两张照片都是20世纪二三十年代在英国拍摄的，也许离布莱克描写的生活场景不远。照片中尽管不是孩子，而是两个成年人，但是他们落寞悲哀的脸上，似乎能看出童工时期的隐忧。我长久地注视着他们的工具，一遍遍想象这些东西的用场，忽然意识到它们都已踪影不见了，这些沾满了煤烟的什物，这些满身黝黑的扫烟囱的人……

19世纪社会巨变的阴霾负累，落在狄更斯、布莱克笔下，便集中显现在这扫烟囱的孩子身上。到了20世纪，现代化更是以"非常美，非常罪"的方式突飞猛进。战后西方迎来一个发展阶段，同时也出现了近郊中产这样一个特殊阶层。在近郊的大房子里成长的一代孩子，童年似乎都有一种隐秘的忧伤。生活富足的同时，是父母的怨恨分离，是心灵的闭塞孤绝，是代际之间的负疚疏离。当代很多文艺作品，对上述现象都有所展示。

而我们时下的孩子们，似乎也面临着同样艰难的处境。过去三十年，尤其是过去二十年，我们也经历了巨大的社会变革。城乡分裂，各有各的遭遇。城里的孩子面临学业的重压，乡间的孩子成为留守儿童。这些都将成为孩子们成长中的隐秘忧伤，是有别于老一代的《城南旧事》，或者《三毛流浪记》的。

有忧伤的孩子，总希望逃逸。童书是他们梦想的另一个世界。莉丝白·茨维格是首屈一指的童书插画家。据说因为她视力不好，所以她的绘画总有一种薄雾一样的灰色忧伤。但是她最好的表现方式，在我看来，就是有一双观察世界的儿童的眼睛，以及一种独特的儿童的心思。

最主要的是，她能把一个事物放大，而把其他事物缩小，开辟出一块与世隔绝的独特天地。孩子的世界就是有巨人国也有小人国，世界可以无尽变化。在一个铁皮小人新长出的心脏上，在一个无限延伸的长鼻子上，或者小熊的碗勺上，或者小猫的靴子上，或者小鹅的翅膀上，世界可以翻转，秩序可以颠覆，游戏可以重来。

而一切，都是为了逃脱恶与沉重，奔向善与轻灵。有一个有名的彩衣吹笛人的故事，是这样的：

相传1284年，德国城镇哈默尔恩正值老鼠泛滥。一位吹笛人来到这里并答应帮城里人驱逐这些老鼠，报酬是一千枚金币。他用美妙的笛声将老鼠们催眠，把它们领到河边，老鼠们便排着长队乖乖地自投河中。但是事后镇长却食言，未付给吹笛手酬劳，还嘲笑他异想天开。吹笛手脸色一沉，再次吹起了他的魔笛，这回被催眠的不是老鼠，而是全镇的孩子们。吹笛手把孩子们领进了山脚下的一个山洞，从此就消失了。

19世纪格林兄弟把这个传说写成了童话，还赋予它一层寓意：邪恶专门降临在不遵守诺言的人身上。

如此左思右想，似乎总是无果，可终于在雨夜灯影里，写了几句诗，算是送给我们沦陷其中的这个一言难尽的当下……

失去的艺术

之一

今天看到的这棵玉兰,显然与众不同。它生在最隐秘的市井,在最让人意兴索然、趣味颓败的场所——一条里弄的尽头。可是它的颜色真是好啊。

不是白色。在城中,白色都带着脏,所以白色的事物最不幸。它也不是纯粹的紫色。它是带一点的紫,带一大团的白,所以它把城里最隐忍、最暧昧、最苦命的样子都显露出来了,偏偏它又是一副很干净、很无辜的样子,可谓是颜色十二分。我在想,这皮瓤,这神态,肯定需要一个手艺人日夜不停地制作,然后借助一把梯子,把花瓣与花骨朵,一朵一朵安到高耸的树干上去。事情肯定是这样的。你相信什么样的事物,就会得到什么样的结果。你相信爱会腐败,它就会在你的眼皮底下腐败;你相信颜色、语言、意念也有寿命,它就会变得鲜活,会长出沉甸甸的花朵,生出肌肤、牙齿、眉目。当然这个手艺人要付出的辛苦,世人可想而知。

不料今天这样的微雨寒凉天气,已使玉兰开始凋零了。不是花骨朵整朵坠落,而是花瓣一片一片落下来——像一个要投江自尽的人,不是一跃而下,而是在江边先卸下四肢,再逐一扔进江里。

在老影片《早春二月》里,就有一个意气决断的女人,刚刚与别人说着话,因为一言不合,就纵身跳下大河。而在我幼年时反复听说的，那个称作《一江春水向东流》的故事结尾，应该有更加决绝的场面，只是我自从知道了人物的命运后，便再也不想在屏幕上看到一个人的身子如何被流水吞没的情景。

倒是这棵玉兰，似乎深谙纵身一跃的恐怖之处，所以决定对自己的身体进行逐步地分解。这与我们在世的过程有着惊人的相似。我们总是发现胳膊疼得举不起手来了，或者膝盖疼得迈不开步了，肉体的分崩离析是一步步发生的。可是在这之前，是心的腐朽。心的腐朽，无须步骤：分秒发生，瞬息即成。

正如我在盛年的某一日，在一个盛大的博物馆里，看到数千年前制成的精巧陶瓷被装置在高大的玻璃箱子里展出。可是夜深人静之时，在灯光暗去的漆黑之中，这些陶器肯定渴望自绝而去，因为没有任何一片陶土瓷片能够忍受时间的煎熬。

所以黑暗中的陶器会如这些玉兰一般，从高空跃下。当然不是整个瓷器纵欲般的炸裂，而是一片一片地剥离下来，甚至以细碎的颗粒形式，像冰雹从云层中坠落——需要整整一个长夜，让陶器瓦解完毕。

这个坠落是必须要发生的，因为数千年前发生的一段情节或一种情绪，由于陶器被置于炉窑煅烧，而被迫中断搁置，比如山有木兮木有枝，比如风萧萧兮易水寒。如今它们终于找到一个合适的节点，以瓦解的方式对自己画上一个句号。

而坠落的事物呢，要如何设计它的结局？是掉在最坚硬的表面上，还是最柔软的地方？是撞在钻石上粉碎，还是落在软弱的水面上消失？

我倒想到了一个结果——像星子陨落，消失在浩渺广宇。你看到的星光，实际上来自几亿光年前的一次塌陷，经过那么久远，才到达你的眼睛。而在此之前，几亿光年前，心的腐朽，就已发生。

之二

要说雨天，尤其是春寒料峭，也实在是无事可做。无事可做是因为有万事千物，有万绪千愁，所以索性什么也不做了。记得以前读到茨维塔耶娃的一首小诗，关于在某个小镇逗留的片刻时光。今日听一人说此诗甚好，又说自己一辈子若是碰到好诗就读一下，若是没有碰到，也不在意。

说来也巧，我今日翻看一下原诗，发现茨氏她自己竟也说了相似的话，"我愿和你一起生活／在某个小镇……如果那时你不爱我，我也不在意。"

又说，"而你以我喜欢的样子躺着：慵懒／毫不在意，淡然。一次或两次划燃火柴的／拨拉声。你的烟头闪烁然后转暗，那灰白的烟蒂／颤抖着——灰烬／你都懒得去弹落——／任它自己飞落进火焰中。"

怎么都是一副不在意的样子！这个躺着的人，毫不在意，连烟头也懒得弹掉；而烟头上的灰烬，因为无人在意，也只得自己落进火中。

可是今日仔细一想，在意又有何用？因为无用，所以也只好显得不在意了。就像这些极其寒凉的雨天，因为什么也做不了，我就说自己什么也不想做了。

原来做不了与不想做,仅仅分毫之差。爱与不爱,似乎也没有区别。另外,今日也刚好打算读威廉·特雷弗的一本小说。关于这本书,《星期日泰晤士报》说简直就是遗憾、背叛和情爱的大师之作。我听说,他把人物与故事设计得死水一潭,没有微澜。我不禁好奇,他是如何书写如此寡淡的情节,如此无情的人物的?这与我上文提到的那首诗所描述的小镇旅馆的过往,漫长的黄昏与如缕的钟声,又有什么区别?毫不在意的时间,终将会让人物一事无成。

可是淅淅沥沥的雨声,也实在让我不能专心阅读这些故事。风声雨声,虽然也算节制,可是越是节制的倒春寒,在摧残户外的花园时,势必越是决绝。园中柳芽新发,蜡梅尚未凋零,玉兰与杏花却开了不少。照这阵势,应该是落英纷下,满地狼藉。所以,花事与人事一样,在不在意,又有何用?

说到玉兰,旅居在牛津大学的Z君日前说,大学植物园里那棵植于1950年的白色星岛玉兰,这几天也开花了。这棵玉兰年过半百,却长得极慢,所以枝形娇小,让人意外。

另外,一棵植于1920年的二乔淡紫玉兰,满树的枝丫顶着繁复的花苞,已经绽放了。想想真是一件很盛大的事。六七百年的砖石建筑旁,顽固地生着一棵近百岁的玉兰,要说两两毫不在意,也是难啊。

刚好我又无知得很,以为二乔指的是两株兰花。这也难怪,京郊有潭柘古寺,里有年岁久远的二乔玉兰。每年发花,万人争看。偏偏我不喜热闹,这么多年了,竟然从未过去一睹真容;可是一边我又胡思乱想,那两树高高在上的玉兰,是如何地芳华绝代,犹如古时美人,姐妹成双,嫁予孙周二郎。到后来一打听,才知二乔玉兰原是嫁接玉兰与紫玉兰而来。

天地有知,物重纯粹,即为人为培植,必是异数。看 Z 君发来的照片,果然一副妖艳魔邪模样。又因为百岁花树,举华无数,也确实举世无双。我想起爱默生评论莎士比亚,称世人智慧,人间稀罕,而莎氏智慧,是天上难求。便想到这玉兰之美之邪,只应天上才有。

正说着呢,不料远在纽约的 S 君,隔着重洋也来讨论了,说什么人间有,天上有,到底什么东西才算是我们真正所有?说到她那边没有合法身份的移民,有一种苦涩的物品观——坚信世上绝无长久之物,什么都是朝不保夕。但是也不是对事物就没有依恋与渴望,可是因为风雨飘摇的身份,因为过往的失落挣扎,也就不敢奢望拥有什么了。

真是伤心的感受,想来是知道自己不能拥有,也就强迫自己不在意了。世间万物,实体的虚拟的,可见的乌有的,林林总总,有几样能真正拥为己有?再者,拥有之物,必将失去,不知不觉间,两手空空,岂不更加追悔莫及?!

别说这些特殊身份之人的惶惶之心,就是有访学身份的 Z 君与 S 君,拖家带口,在人生地不熟的异域,也不免郁郁寡欢。英伦那里是阴雨连绵,纽约开春还有没膝的暴雪;一个隔着大西洋,一个隔着太平洋,要说花朵,是开在人家的花园;要说雨雪,是落在人家的地上。所以你要怎样在意，怎样不在意才好？

这一点，自己也有体会。当年在暴热的8月，突然进入北美的南方腹地。望眼沼泽平川，繁厚的植被和飞鸟，遍布的教堂与赌场，还有街市与社区的种种陌生，那种身的无措，心的煎熬，自然是在意不在意，又有何用？！

记得早年美国南方腹地的一名歌手，哈乐黛，曾唱过一首歌，名为《奇异的果实》。歌中提到木兰树下花香弥漫，树上被私刑绞死的黑奴，经过风吹日晒，一如奇异的果实。哈乐黛一生坎坷，唱及自己种族的不堪过往，几至饮泣。而我自从听了此歌以后，便觉得木兰这花儿，也沾上了冤气与邪气。

所以什么是有，什么是没有，在意的妄念刚起，就是绝意的凶险将至。刚说到Z君以及S君在异域的苦楚，我又想到同事M君的忧心。他拿着一本孤独星球地图册，十几年来，于世界各地，也工作也游走，换过多家单位学校，跨过几个城市大洲，如他所言，自己其实就是一个孤独星球的旅人。他偶尔也在某地坠入爱河，可是正如他对她说的，在此地，你是外国人，我也是外国人，你说我们又能如何？当然他们的故事，自然也就没有下文。

所以我们总是这样：来到故乡，觉得比异乡还要陌生；身在异乡，又想着回不去的故乡。我们的疏离，从来没有如此严重。而且在我看来，这整个的地域疆土，都是羁绊；这整个的天地宇宙，都是牢狱。

何所归何所属，岂止是一人一物，让我意非所属？非归非属，便是失去。正如诗人毕肖普所言，失去的艺术不难掌握。但她又苦笑道，虽说有时觉得，失去不亚于一场灾难，但这种艺术，也不是非大师就不可驾驭！

虚构的鲁滨逊

作为毕肖普在世出版的最后一本诗集（她一生作品甚少），《地理学III》体现了她把诗歌当作博物志的想法。博物志在西方有长久的历史，它对文明的贡献也毋庸置疑，尤其在学科细分之前。我认为博物在当下仍有意义。博物的基因人皆有之，只不过大家执行的深浅程度不同而已。操作的方式大致有两种：在家，以及出行。在家博物的比如达·芬奇，比如莫奈，自建花园，研究万物；出行博物的比如达尔文，比如毕肖普，遍历山川，考察世界。

毕氏的这个诗集在手上已经多年了，最初由友人自西海岸的城市之光书店购得。年前写了一组有关鲁滨逊的组诗，也是由于印象中毕氏曾写过类似主题的作品。今日细读毕氏并试图译出，才知自己的想法与她的有很大的出入。毕氏博物的视野，不愧让她成为20世纪仅有的几个最重要的诗人之一。

这本诗集的首页附有James Monteith（出版于1884年，并非首版）编写的地理学系列教材首部（针对初学者）中的一点内容，比如用寥寥数语解释什么是地理学，地球，地图等。教程共分三部：入门，中级，高级。毕氏将她的这本诗集命名为《地理学III》，意指地理学的高级阶段。毕氏这本薄薄的诗集仅收诗作十首：短诗八首，如著名的《在候诊室》，以及广为传颂的《一种艺术》；长诗两首，即《麋鹿》和《鲁滨逊在英国》。

其实这两首长诗有诸多共同之处，即都是探讨人在旅途，出行博物的状况。《麋鹿》描写的是长途汽车上的所见所闻；而《鲁宾逊在英国》则描写了鲁滨逊的岛上生活（并非如标题所示的英国生活）。这也体现了毕氏出行博物的思路，目的是探索个体在时空中的存在问题。

关于博物志，关于地理学，实际上都是要让个体去考察他的生存环境，即是对存在的一种思考。《麋鹿》中的长途汽车，从白天到日落到暗夜，穿行大陆的漫长地带，中途有乘客不断上车下车，不断叙述生老病死的故事。我觉得这不是重点，重点是在月下突遇麋鹿，一种来自彼岸他乡的生物，乘客由此而来的顿悟感、欣喜感，才是遇见麋鹿的收获。《鲁滨逊在英国》一诗中个体与世界是一种平视的关系。个体不断冲撞、交互、改造世界，在困苦探知的过程中获得存在的意义。而在《麋鹿》中，个体与世界是一种仰视的关系。麋鹿可视为宗教或其他形而上的事物，它对个体的世界是一个完全不同的观照。个体通过遇见麋鹿，获得救赎。

从这个角度来说，《鲁滨逊在英国》可以看作个体生存的初级阶段，即形而下的阶段；而《麋鹿》则是形而上阶段。这一点从毕氏对两诗在诗集中的编排上也能看出来："鲁诗"在前，"麋诗"在后。可见用心良苦。

还有"鲁诗"描述的小岛生活，实际上是一种非主流的生活；而"麋诗"表现的大陆生活场景，应该是一种主流生活。就毕氏自己来说，她更倾向于前者的小岛生活。她自己不仅身体力行，曾经避居岛上多年，而且在"鲁诗"中，也借鲁滨逊之口，表达了对大陆生活的鄙弃。

1926年元旦前夕，里尔克死亡。自认为是他灵魂爱人的茨维塔耶娃写下了《新年问候》一诗。同为苏联流亡人士的布罗茨基深为震惊，撰写了长达七十页的文章《一首诗的脚注》，力赞此诗的里程碑式意义，并试图对该诗进行逐字逐句的解读。

无独有偶。日前细读毕肖普的《鲁滨逊在英国》一诗，我也有类似冲动。毕氏的诗歌以意义深邃、结构严谨著称（比如《麋鹿》一诗，仅修改就长达十年）。《鲁滨逊在英国》一诗，体现了她把诗歌当作博物志的想法，自然值得我去研究。

所谓博物，就是开展对个体生存环境的考察。这个环境，既包括大自然，也包括人类文明。前面提到，此诗选自毕氏出版于1976年的诗集《地理学III》，这个标题即意寓着毕氏企图考察外部环境的决心。

全诗一共十二节。前十节都是叙述鲁滨逊的岛上生活，只有最后两节才指涉英国场景。诗的标题，并不说明此诗的重点在英国，而是强调鲁滨逊的现状：在英国，回忆岛上生活，心如止水，死之将至。

之一：命名。该诗开篇就提到，到目前为止，鲁滨逊漂流过的小岛，还没有被世人再次发现，再次命名。对他来说，命名非常重要。这一点可以回归到旧约全书的创世记。"起初，神创造天地。地是空虚混沌，渊面黑暗。神的灵运行在水面上。神说，要有光，就有了光。神看光是好的，就把光暗分开了。神称光为昼，称暗为夜。有晚上，有早晨，这是头一日。"

鲁滨逊在孤岛生活，不亚于要进行创世记式的活动。首先，他很执着地要对事物进行命名。如第八节，提到他要把一座火山命名为希望之山或者绝望之所。另外，诗歌第五节，提到岛上的事物都是独一无二的，如太阳、蜗牛、灌木、红莓等。（当然我也是独一无二的。）这也对应了旧约开篇提到的神在造物时，使之各从其类的做法。命名仪式是造物的开始，也是语言的诞生。基于语言的诗歌，因此具有了神圣的意义。

之二：自然博物。对自然的考察，体现了毕氏要考察地理学中的一些基本概念的想法，比如什么是地理学？地球？地图？"东方、西方、北方、南方有什么？""哪里是火山？海角？海湾？湖泊？海峡？山脉？地峡？"

该诗第二、三、五节，描述了鲁滨逊对岛上自然事物进行的博物考察。考察的对象有火山、熔岩、海龟、云朵、水龙卷、海鸟、山羊、蜗牛、灌木等。考察过程实际上就是鲁滨逊对自然世界的认知过程。但是有意思的是，许多认知动摇了或者颠覆了鲁滨逊原有的知识系统。比如说，火山可能过小，海龟海鸟等可能过大。这里涉及他拿什么作参照物，以及旧大陆的知识体系是否够他使用的问题。

之三：劳作。所谓劳作，我认为是指劳动和创作，因为劳动的过程会产生创造性的思维和行为。诗的第五、八节即与此有关。当然作为小说的鲁滨逊故事，可能会强调钻木取火的情节，但作为诗歌的鲁滨逊故事，在这里则注重温饱之后的艺术和娱乐活动。比如第五节提到用野莓酿酒（品尝野果可能带来死亡的风险）；自制笛子（它有着世界上最古怪的音符）；第八节提到把一只山羊的眼睛用酱果染成红色（可能招致山羊的怨恨）。这首行云流水般的诗篇，到这几节达到高潮，即类似于艺术创作的亢奋状态。

醉酒的鲁滨逊一边吹笛，一边与山羊舞蹈。这个酒神的指涉有着丰富的意象含义。虽然酒神可能与农业丰收，与祭祀仪式，与狂欢情色，与乐极生悲的戏剧起源有关，此处我们却只看到，欢喜的鲁滨逊沉醉于他一手创造的最小规模的各行各业之中，以及围绕家酿、自制进行的个体艺术创作之中。

之四：社会博物。对自然之外的人类文明的考察，即为社会博物。这得先从作者赋予鲁滨逊的怜悯之心说起。第一节提到可怜的岛屿，第二节可怜的火山，第五节可怜的哲学，第十节可怜的人（野人星期五），以及第四节用较多笔墨提到的自我怜悯（可怜的鲁滨逊），并非偶然。

在事物上看到的怜悯悲情，实际上来自鲁滨逊的悲悯之心。关于他感同身受的移情效应，最后发展到顾影自怜，诗歌的第四节进行了解释。首先，他问自己值得吗？鉴于前几节的内容是考察自然中的诸物，如火山、海龟、海鸟、熔岩、喷泉等，尤其是第三节的最后，提到如烟的喷泉美，但是孤独，那么紧接着第四节开始的顾影自怜，则是指对孤独的感受。所以他问自己："我值得这样吗？"只有孤独恒久常新，但是不是活该这样孤独？孤独是不是自己选择这种生活的结果？诗作者认为他必须如此。当然，作为陷入诗歌的作者，还有什么比承受孤独更加理所当然的？

其次，作者又为鲁滨逊的生活寻找更多的理性支撑。比如，"自我怜悯又有什么不好？"我越是怜悯自己，越是感到安适。当然，我也读到一丝戏谑的语气，就当是作者的一丝苦笑，不仅是自嘲，也送给所有走上诗歌不归路的诗人们吧！

基于第四节的理性思辨之后，此诗下部分的内容，如第六节对文明社会的质疑，第七节里忍受山羊和海鸟的聒噪尖叫而感到无比焦虑痛苦，第九节遭遇噩梦的经历，才更加真实可信。

对文明社会的考察，即社会博物，其中心在于第六节重点讨论的我可怜的哲学。作者提出，支撑工业社会各行各业的这个最小的行业——哲学，实际上是有问题的。第六节认为，古希腊戏剧，或者占星术，我读的这些书籍都是一片空白。诗歌要探讨的幸福问题，也是语焉不详，所以作者决心查找考证幸福。可以说，鲁滨逊的漂流生活，促使他反观西方传统文化，从而质疑其根本哲学。而诗歌，也许能作为这种博物探索的载体。

之五：负罪 + 未知 = 恐惧。诗歌第九节围绕鲁滨逊的噩梦，探讨了他为何恐惧。首先是负罪感。为了生存杀戮山羊（对异类的诛杀），让他梦到杀戮婴儿（对同类的诛杀）。这也可以折射为文明社会不可避免的原罪，如战争，或者由其他原因造成的对弱势群体的非直接损害。当然，《圣经》中提到的七重罪，在鲁滨逊身上倒是缺失了好几重，原因是在岛上，他是他这个类族的唯一一人，所以发生冲突、越过界限、违背游戏规则的时候并不多见。但这并不意味着，如果环境允许，又假以时日，他不会犯下其他几重罪。现代社会的罪数不胜数，比如犹太人的负罪感、中产阶级的负罪感，等等。诗作者的噩梦应该远远多于鲁滨逊的噩梦。

另一个导致恐惧的原因就是未知世界的存在。这里有一个悖论：旧大陆的腐朽，让鲁滨逊深感厌恶（看看诗中描写的他在英国的现状），避居岛屿生活，不能说不是一件好事，尤其当探索未知成为一种动力，质疑现实并接受挑战便成为一种勇气。但是，当岛屿之外还有岛屿，而且当一个人被迫去研习无穷无尽的植被、动物、地理学时，那么这种生活则无异于奴役。这里比较有意思的是，诗中唯一一次出现了"地理学"这个词（对应诗集标题中的核心词地理学），所以我认为作者提出了一个非常复杂的问题。对个人，对国家，对人类，都适用的这样一个问题：我们到底知不知道，什么时候适可而止？对于诗人也一样，她真的要在认知世界的险途上，一路走到黑？

之六：种族与性别。诗歌有关岛上生活的最后一节，即全诗的第十节，微妙地提及野人星期五。作者认为我们对少数族类的描述是完全错误的。这一点并不奇怪。因为《鲁滨逊漂流记》的小说原著，在涉及岛上野蛮人的叙述上，确实存在政治不正确的视角。毕氏的这个诗集出版于1976年，她应该早就了解1967年的爱之夏所启动的整个反主流文化运动（提倡文化相对主义，反对文化殖民等），更别提早在此之前就深入人心的民权运动。当然，政治正确在20世纪80年代的西方已是滥觞，到90年代，更是有些矫枉过正。当下什么极端情况，大家自然也心知肚明。

还有一个现在看来有点过于政治正确的问题，就是性别问题。诗中谈及星期五时，说要是他是个女人该多好！当然，鲁滨逊也会偶尔梦到愉悦的食物和爱情，但男女之情于他，当然比食物要更加匮乏。这里先不谈星期五与他如何相濡以沫，假设他满足于同性友达，或者哪怕上升为同性之恋，他还有一个繁衍后代的问题得不到解决。所以不管是出于文化习俗，还是生物本能，孤岛生活总有它无法克服的硬伤。另外，情色之爱除了繁衍后代的传统功能外，还会使人，如福柯所言，向心灵的谵妄状态进行非理性转变，当然也早已成为一种流行东西方的文化现象。这一点，我自然无从捉摸作者的真正意图，更不能加以妄言，仅仅根据诗中所述——星期五有着健美的身姿，观望他是一件赏心悦目的事；或者，仅仅根据传说中的作者的性别取向。但诗中鲁滨逊的观点，今日看来，也算是狭隘的了。

之七：宗教。其实我最关注的信仰问题，诗中并未真正交代。我在自己的组诗里，还谈到了祈祷，偶然的质问或求助上帝。而毕氏的这首诗中，鲁滨逊的另类岛屿生活，是几乎不需要上帝的。我在想，他是完全弃绝旧大陆的上帝，还是他要寻找新的上帝，还是认为他自己就是上帝？（在他进行命名活动，或者创造活动的时候，我差点儿就以为他就是自己的上帝了。）

不过，诗中也有点有关上帝的雪泥鸿爪。比如，第八节提到要给一只山羊取一个教名（是否给山羊举行受洗仪式，不得而知）；第十一节，困居在英国的鲁滨逊，认为岛上生活的遗物——那把刀，具有十字架那样的重大意义。就这点只言片语，所以我仍然认为，诗中的鲁滨逊，作为一个存在的个体，不仅具有生存的技能，而且不需要心灵的循导。这一点，与本诗集中的另一首长诗《麋鹿》有很大区别。后者不仅提到载着世俗乘客的长途汽车，要经过教堂，而且作为彼岸象征物的麋鹿，也像一座教堂那样，高高在上。

既然这样，我猜想，能支撑鲁滨逊生活的可能只有他的心了，因为诗的第十一节，提到他回到英国后，垂垂老矣，心如止水，并且曾经鲜活的灵魂已无迹可寻。所以，当地博物馆提出要收藏他在岛上生活的物件的时候，他甚至都觉得是无稽之谈。我认为，这时候，提倡博物的作者给了我们一记耳光。作者在博物考察了自然界、文明社会之后，断然告诉我们，其实博物馆一无用处。当然，我是能感受到作者/鲁滨逊心中的那种空无一物的悲伤的，尤其当全诗以死去多年的星期五作为结尾。这正应验了《圣经》中的那句话："我的肺腑啊，我的肺腑啊，我心疼痛！"

文艺的惊恐范式

我们到这世上来,也许只是为了说出:房屋,

桥梁,水井,水罐,果树,窗户——至多还有:圆柱,塔楼……但请记住,为了说出这些东西,

我们言说的方式就得是这样,好像那些被说出的东西,

做梦也想不到

自己真的会存在?

这些东西的生命

在不断地逝去,它们知道何时你会赞美它们。

它们相信,速朽的我们,最为速朽的我们,会来拯救它们;

希望我们在看不见的心里把它们无穷无尽地——

变成我们自己!

不管我们最终成为什么样的人。

你们这些地球上的人类啊,你们所要的难道不就是

以看不见的方式在我们当中升起吗?大地——万物——无形!

你们渴望的目标如不是这,那会是什么?

大地,我亲爱的,我愿意。

这是里尔克《杜伊诺哀歌》第九歌的一部分(威廉·H.加斯译),今天当我读到的时候,一场日全食正在地球上发生。我这么说,是因为日食之于我们,就是要让我们见证它、赞美它,让我

们渴望能以看不见的方式,在它的存在中上升,而这也是对它的拯救。

以我们速朽的肉身来抵抗无限的宇宙,是柏拉图在《会饮篇》的最后议及的,也是我们与万物存在的理由。苏珊·桑塔格在论及里尔克与茨维塔耶娃以及帕斯捷尔纳克三人关系时说,他们在互相要求一种"不可能的光辉"。可这不可能的光辉,正是我们的精神世界,是我们走到那无限延长的阿基米德的杠杆前端,或者堂吉诃德的长矛之尖,与社会历史以及自然界连接的通灵之物。

我想起了很久以前,在南方观测一场日食天象的情景。傍晚时分,我们来到一个最接近天空的山岗,等待最后时刻的来临。突然,我感到了一种无与伦比的惊惧,就如看到梨花即将陷落春泥时一样不知所措。天上有大块的云朵在飞去,群鸟的翅膀占据长空,再往下便是人世的众人在窃窃私语。我清楚地记得:在天日即将被全部吞噬的最后几秒,就如整个银河之水,起立在一枚针尖上,让人不忍卒视。像血水一样的黑暗袭来,浓重的阴影深度笼罩了一切。我觉得自己在一瞬间双目失明,所有与文学、艺术、科学相关的知识,也于一瞬间从这个世界被剥夺、被清零,似乎我们被遣送到创世之初或末日审判。

这种恐惧,如同月落乌啼时的丝绸入水,如死神的黑色镰刀扼住咽喉。我突然明白了古玛雅人、古埃及人为什么要对天日顶礼膜拜。当日全食突然降临时,如果他们正在手栽一棵作物,则会立刻扶住农具祈祷;如果他们正怀抱一只羊羔漫步,则会立刻跪地拜倒。在光明与温暖还极不稳定的远古,神秘未知的事物四处埋伏,灵魂深处的孤苦如影随形,日食之时,必是巫术或宗教应运而生之时,也必是诗歌与艺术浴火出世之时。

所以在我看来,诗歌就是面向恐惧的一种应对;所谓文艺,就是日食之时献给乾坤的祭祀。我不禁想及各种各样的恐惧范式并想探究:到底是什么事物使世界变得如此惊悚?

之一

同样是见证天象,十几年前我在北方遇到一场流星雨,至今仍然印象深刻。凌晨三四点钟光景,我们从城市软弱无力的睡眠中起来,探身向着窗外望去,但见苍穹之下无数的星子纷乱坠落,一时惊恐得无言以对。记得华兹华斯有一首关于水手的诗,提及死者自天而降,加入甲板上横陈的尸首队列。民间有一句广为流传的话:天上一颗星,地上一个人。当星子坠落,就意味着生命殒去。而在那一个流星之夜,我们目击了无数的死亡发生,或者说,无数灵魂离开肉体的事实被我们感知到了。当然有些陨落发生在很久以前,当我们看到一颗星子,其光芒到达我们的眼睛之时,其实它自身的爆炸或塌陷,早在成百上千光年前就已发生。

更令我们诧异不已的是,第二日我们读到了这样的新闻:昨夜观测流星雨时,一个十多岁的幼女走失。几年之后,这个案子终于侦破,我们也读到了这样的结局:当夜这个女孩经过一片工地,不幸被几名工人围奸,并把她的身体浇铸进了水泥墙基……

所以,恐怖的事物,首先是对童真的玷污。有三帧照片,摄影师留给了我们终生消抹不去的惊恐阴影:其一是日军侵华期间,有人手提死婴的影像；其二是卢旺达战事期间，在小学生教室发生的屠戮；其三是叙利亚内战期间，一名难民的婴儿被海浪冲上沙滩……

英国作家多丽丝·莱辛，曾用文字记述她儿时在非洲腹地的经历：在草原上一只受伤的小鹿，遇到一群虫蚁的袭击，瞬即就成了白骨残爪。大自然作为人类渴望征服的对象，很多时候却呈现出凶险万分的面目。而见证这个凶险的过程，也是童真被粉碎的过程。这也许就是为什么 19 世纪以降，文艺作品中的自然主义，总是让我们看到大自然张牙舞爪，而书写者惊愕绝望的情境。

当然，在我阅读过的诸多故事中，没有哪一个比这则故事更令人胆战心惊：一个男孩跟随他的医生叔叔，于暗夜乘舟，前往一个印第安部落，那儿的一位妇女需要大夫为她接生。结果这个妇女因为难产哀号不绝，她的丈夫在一旁痛苦不堪。最后新生儿终于来到人世，人们走向这个印第安男子，发现他蹲在墙角，头上遮着一条毯子；揭去毯子之时，才发现他已用随身携带的匕首刎颈自尽了……这个身在现场的男孩，不幸与村人们一起，目击了一件惨绝人寰的事情。

以童真、纯洁为代价的经历，具有直指人心的悲剧力度。而善于深究事物恐怖核心的塔可夫斯基，在其代表电影作品的结尾，似乎又给了这个话题一言难尽的奥义。故事中一对追寻爱与真理的伴侣，却有了一个变异的孩子。男主人公在其乌托邦事业遭遇挫折之时，返回家人身边，可是面对这个孩子一筹莫展：她是个变异体，对人世间父母为她付出的爱、牺牲，以及为她担负的义理，一无所知……

之二

除了对童真的玷污，对伦理的颠覆也能引发莫大的惊恐。同是福克纳的小说，阅读《献给艾米丽的一朵玫瑰》所引发的惊恐，甚于《喧哗与骚动》。前者是艾米丽杀了情人，藏匿尸身并与之同床共枕几十载的故事。意乱情迷的情节，堪比很久以前我读到的一位港台作家的故事：为表达对亡妻的思念之情，一个男人在餐饭中加入亡妻的骨灰，一口一口在眼泪中咽下。后者则描述一个家庭的分崩离析，比如大儿子昆汀似与妹妹凯瑟琳有乱伦之情。在昆汀业已混乱的精神世界中，夜晚花园中的迷迭香，让他撕心裂肺。迷迭香指向圣洁，而凯瑟琳却外出约会。在殚精竭虑的惊恐之中，昆汀选择自绝于这个世界。

违背伦理，还有让人惊慌失措的其他形式。在宫崎骏的作品中，一个小女孩与父母一起驱车经过一个废弃的游乐场，见到奇异的场景和丰盛的饭菜。她的父母立即大吃大喝起来，而让人无比震惊的是父母就在她的眼前变成了不堪入目的丑猪，爱莫能助！这个可能基于民间故事的叙事，撼动人心之处，在于在传统价值中，父母作为温良恭俭让、慎思敏行的典范形象，在此被彻底击碎，也许揭示了一些残酷的现实。

而希区柯克设计的一个对伦理完全没有自觉的人物，则会多么不可救药地把世界颠覆！比如一个女孩在父亲的葬礼上，巧遇了表哥，便对他心生爱慕。不久，女孩的母亲也过世了——原来是女孩亲手杀死了她的妈妈，其目的仅为了再举行一次葬礼，再见一次她心仪的表哥。这种合情合理的思路，使极大的价值观瞬间被颠覆为极小，也显示了伦理的荒诞一面。

之三

事物之所以惊恐，是因为如同一种隐秘的恶行，它必将于众目睽睽之下浮现。正如一个真正的公主，能感知到二十几层床垫下的一粒豌豆，那个令人恐惧的事物，总会自行出现，不可阻挡。也像一个人穿着丝绸衣裳，上面的油腥污渍，哪怕一丁点，也能丝毫毕现，昭然若揭。就像莎剧中，一国之君的罪行，总是由一个哑剧演员表演出来，而底下的观众，因为心知肚明，纷纷捂住了惊恐的眼睛。

爱伦·坡的叙述，总是指涉一种黑暗即临、大厦即倾的惊恐趋势，它总会在隐秘之处自行浮现。比如在《乌鸦》一诗中，一只黑鸟总是一再飞抵门楣上方，把万物即毁、不再复返这句谶语，一而再，再而三地告知众人；而在故事《黑猫》中，一只诡异的黑猫，在办案人员在场时，突然跃至一堵墙那儿哀鸣，而这堵墙里面，正好埋藏着被主人公杀死的妻子。爱伦·坡的其他述说，也都指向内心备受惊恐折磨、精神濒临崩溃的濒危状态。

正如阿加莎·克里斯蒂的话语场里，一个秘密总是被人"碰巧"看到或听到，从而成为揭开谜团的线索。我们其实在一个透明的世界中。奥威尔揭示的恐怖世界，提醒人们对所谓"新话语"的忧惧，而我们所处的数码时代，也类似于索尔仁尼琴所指的古拉格,也将让无数人成为囚徒。

不久前,我在一个人声鼎沸的饭馆起身,正打算离座时,忽听得邻座有四五人,不约而同地对我大喊:"你的雨伞!"(意指我遗落的雨伞)这让我大吃一惊,原来在日常生活中,你周边的陌生人,正在时时刻刻、入木三分地观察着你的一言一行。

所以,当有一个晚上,我听见有朋友说"网络上居然搜索不到'耶稣'一词"时,我完全信以为真了(第二天才知道,原来是搜索引擎出了故障)。另外,设想一下,在夜深人静时,你打开电脑,忽然看到屏幕上的这一幕,你将做何感想?那是此时此刻你自己独坐在沙发上,面对电脑的情形!你肯定会惊恐地起身,四处查看,而这时又发现,屏幕上显示的正是你在房间里坐立不安的影像……在细思极恐的暗夜,你不知道这一切何以会发生!如人所言,我们似乎生活在"不见一兵一卒,却到处兵荒马乱"的当下,我们的惊恐可能早已越过了它的界限,像撒旦的长矛之尖,随时刺向我们的心脏,索取我们的性命。在众人互指对方为疯子的时刻,我们随时担忧自己会被指认为疯子而受到隔离囚禁。到底是谁的世界发生了倾斜?荷尔德林在被送往精神病院之前,到底看到了什么?保罗·策兰在从精神病院出来之前,陷入了一种晦而不明的境地,所以在他未竟的手稿《夜之断章·晦》上写下这样的片段:

每一个没有黎明的白日,每一个白日就是它的黎明,
　　万物在场,空无标记。

之四

依我所想，凡恐怖的情绪，或可分为对已知的恐怖，以及对未知的恐怖。应对已知的恐怖，世人似乎有三种方式。其一是直面。据说奥斯曼土耳其帝国的后宫，向来为西方人所猎奇。且不说三千佳丽，如何是好。单是这帝位既定，新苏丹的兄弟诸人，根据传统律法，皆须格杀勿论，斩草除根。同为子女血肉，却要决定去留，这对于父母来说，将是一件多么残忍的事情。一批批儿童的棺木从后宫抬出，里面装着已被处死的年幼皇子们，同时，携带弓箭的刺客们已被派往帝国各省，去猎杀苏丹的其他弟兄。大开杀戒乃是为了斩断恐怖的渊源。

其二是回避。避免可能的羞辱，可能最好的方式就是自绝。每年春天，我在牡丹盛开的景山公园，举目北望崇祯皇帝自缢的山顶，便感到寒气四起。当时诸多高官伺臣也都全家自尽，太监、宫女、士绅等，自杀者数以百计。南宋灭亡时，陆秀夫背着幼帝于崖山蹈海，十万军民随之跳海溺卒，更是惨烈。而几百年后王国维投湖自沉，只因"五十之年，只欠一死；经此事变，义无再辱"。

其三，为了应对恐惧，另造一种模式。汉娜·阿伦特在论及"恶的平庸"时，指的是在分工精细、科技至上、官僚本位的时代，只需远距离按动一个开关，就可以启动毒气室，而无须直面杀戮的一种模式。当然，有史学家也指出当年日本如果交出天皇被审判，或可免于被投掷原子弹的惩罚。可是据说日方宁可"一亿玉碎"，也不愿天皇被俘，所以才有了后来的结局。

之五

至于对未知之物的恐惧，又可分为对自我的恐惧，以及对外物的恐惧。对自我的恐惧，在各种文艺作品中，有极多的表现形式。每个人的自我，犹如一个暗黑之海，不仅处处面临深渊埋伏，而且新的陷阱也在不断生成。对于很多人来说，他们一生的任务，就是与自我格斗，被自我放逐，受自我惩罚，为自我救赎。安东尼奥尼在作品里呈现的忧伤，就是在看似浮华的事物背后，是挥之不去的潜于内心的疏离与异化。据说他在拍摄作品《蚀》时，同期也有日食出现，他也用镜头全程记录了，只是没有放进电影中。也许这就是为什么我们在观看这部作品时，总能感到空寂的阴影在悄悄收拢，忧惧与彷徨在人物的眼角眉梢，在举手投足之间，久久弥留。博尔赫斯重复提及的镜子与梦的意象，就是指向自我这个最隐秘的情人、最凶险的敌人。克里斯托弗·诺兰以及蒂姆·波顿的作品，也在追究自我之于我们的种种惊恐。

史蒂芬·金写有这样一个故事，一个作家，因为怀疑自己被人跟踪、迫害，以至于坐立不安、日夜不宁。到最后我们才发现，这一切其实都是他自己的孤绝心理在作祟。比如他深爱的宠物居然被人杀死，并邮寄到他家。实际上，这是陷入千钧压顶之境中的主人公自己亲手所为。我们作为个人，可能会分裂为好几个自我，陌生迥异的人格，让我们苦不堪言。而这也许就是卡夫卡、佩索阿的痛苦所在。

对自我的恐惧，可能导致对自我的放逐与惩罚。在弗兰纳里·奥康纳的小说《智血》中，一个厌恶世俗教会之虚假伪善的青年，打算凭一己之力立教传教，没想到历尽磨难，最后流落在一个破落的旅馆，穷途末路、一筹莫展之时，便在自己的鞋子里放上玻璃碎末，又拿出刀子，在自己的胸膛上遍刻伤痕。可是即便这样，他哀伤的灵魂也没有得到救赎。在一个大雨滂沱的暗夜，他被一辆路过的汽车轧死了。

之六

人们除了对未知自我怀有恐惧之外，还对未知外物滋生恐惧，比如对怪力乱神、对自然的惊惧情绪等。基耶斯洛夫斯基的作品《十诫》中，就有一位科学家，反复推算湖水结冰的日期，以便在湖上举行活动。当众人在湖上燃起篝火时，殊不知灾难也一同降临：湖冰融化，他的儿子因此溺亡。挑战自然法则、另拜金牛的教训，鲜有人愿意吸取。同理，时下不计其数的魔幻、奇幻、玄幻、科幻一类的文艺作品，有很多都落到这样一个主题：较之天灾，像科学怪人之类的人祸，是最最可畏的。

世上让我们恐怖的事物何其多。而在日全食之时，我们凝视空中那被黑暗吞噬的日神，惊惧得捂住了眼睛。心中有恐惧的人，比如新西兰诗人巴克斯特，会说"月亮的斧头在树后缓慢地滑落"；或者如古代的侠士，一看到月亮，就嗖地从怀中掏出匕首。

对于被恐惧俘虏的人来说，他的世界只有非黑即白的两极，世上绝对不存在"薛定谔的猫"。盒子里的猫，怎么会有"生死各占一半"的可能呢？当然，更不可能如格利宾所言，存在两个平行的世界，一个世界中的猫死了，而另一个世界中，猫还活着。

或者,"一个铍离子就如一个通灵大师,他在纽约和喜马拉雅同时现身。一个他在摩天大楼上往下跳伞,而另一个他正在爬上雪山之巅。"

也论保守主义

之一

伊夫林·沃被誉为"英语文学史上最具摧毁力、成果最显著的讽刺小说家之一"。他出身中上阶层，在牛津求学时即叛逆不羁，是爵士时代纸醉金迷一族的重要成员。立业之初事事皆休，但写书成名后，却宣布皈依天主教，这让主流的圣公会家人及朋友无比震惊。不过这也符合他所说的艺术家应誓不与主流为伍的思想，符合他后期愤世嫉俗的保守主义立场，如对传统精英阶层的缅怀，对铺天盖地的平民化之鄙弃，对所谓的进步时代以及欧洲左翼人士所推崇的福利社会，持戒备之心。

伊夫林·沃作品繁多，但就其摧毁力而言，当首推出版于1934年的《一抔尘土》，以及1945年的《故园风雨后》，写尽了没落一代的崩塌，以及新生一代的迷惘。他所构筑的文字世界，混沌癫狂，又充满张力和想象。有人看到辛辣的讥讽，有人看到情感的奴役，有人看到浮世的悲歌，也有人看到惊悚的炼狱。他诉说了自己的家世、游历、工作、立场，意乱情迷犹如病入膏肓，但多半有其自传色彩。

之二

《一抔尘土》这部小说出版于1934年，描述了一场婚姻的葬送，以及随后的生与死，罪与罚。一个生活在庄园里的青年乡绅，经历了妻子离家出走伦敦，儿子坠马死亡，折磨不堪的离婚过程，于是他自己在愤怒悲哀的支配下，贸然跟随一个冒险家，流落于亚马孙荒野并最终抛尸丛林。

亚马孙丛林的这个结尾，无比惊悚，同时又意味深长。青年主人公托尼在丛林中遇险，后被老年拓荒者托德救活。托德是白人和土著的后代，会当地语言，控制着一群印第安人。但他并不识字，于是他命令青年每日为他朗读狄更斯小说。没有托德的帮助和允许，青年就无法走出丛林，所以他也就遭遇到无尽的奴役，并且如同之前另一个被捕获的黑人朗读者那样，将在奴役中迎来死亡。

这个故事其实也反映了伊夫林·沃的人生经历和心路历程。伊夫林·沃新婚不久即被妻子告知另有新欢，努力无果后只好离婚，后宣布成为天主教徒。伊夫林·沃陷入情感牢狱，孤苦无助中，遂向南美内陆进发，迂回曲折，历尽艰辛。途遇一位拓荒探险者，声称要在丛林中寻找一失落文明，怪诞痴狂。伊夫林·沃虽未与其同行，但认为其人有操控之力，如落其手掌，必遭其奴役。伊夫林·沃又曾说，家父酷爱狄更斯，时常聚集家人，强制听其朗读狄氏作品。伊夫林·沃因此写成短篇《一个喜欢狄更斯的人》，而后创作长篇《一抔尘土》之时，决心以此作为结尾。

《一抔尘土》扬名于世，与这个结尾不无关系。伊夫林·沃说，自己曾思考何以有老托德这样的人物，流落于南美丛林，溯本追源，才想到发生在文明社会的故事，想到要书写文明的野蛮人，以及文明人的困局。伊夫林·沃之前的作品，如《邪恶的肉身》，描述年轻人置身于流俗旋涡处处失利的场景，极尽嬉笑怒骂。读者困惑于书中人物,不知他们究竟是有罪还是无辜。而到《一抔尘土》,文风顿改,极尽共情同殇(尤其是故事中妻子出走,孩子夭折后)。当主人公于丛林中沦落为奴,伊夫林·沃更是感同身受,写尽了作为文明人的悲哀沧桑。

之三

作为读者,自然关注主人公的命运。恶在滋生,善被惩罚,正派人寻找正义的权利这一系统也被颠覆。那么维护正义道德的底线,到底在哪儿呢?伊夫林·沃似乎用朗读狄更斯作品这个寓意进行了交代。

狄更斯的作品,呈现了工业革命之后的荒原图景。第一次工业革命自18世纪60年代肇始,历约八十余年,至狄氏创作高峰的19世纪40年代,已带来翻天覆地的变化,当然除了技术变革之外,主要是社会图景的巨大变迁,比如狄氏在书中展示的贫寒罪恶。

狄氏的批判现实主义手法,似乎要写恶扬善,如主人公历尽磨难之后,会由于巧合迎来美好的结局等;另外,他描写的济贫院以及孤儿,也可能由于小说的影响力,促使社会机构逐步改善济贫院的状况。据此,人们认为狄更斯具有仁慈乐观的天性,所以他不是自然主义式的旁观者。他笔下的现实,乃是受其充沛的感情,人道理想所感染的现实,寄予对弱小受苦者最深切的同情。

历代以来,作家们创作作品,有不忘告诉世人自己的文艺理论的,也有闭口不谈自己的创作理念的。前者中有华兹华斯,有艾略特,有劳伦斯,也包括狄更斯。

华兹华斯于1800年《抒情歌谣集》第二版的序言中,祭出惊世骇俗之语,宣告诗歌要选用平时语言描写普通生活,从而避免狂热的小说,病态而愚蠢的德国式悲剧,和无聊而夸张的韵文故事。

1841年,狄更斯即于《雾都孤儿》第三版的序言中,声明自己的写作主张:"我不信任那种对贫寒窘困掩鼻的风雅者,也无意于改变其嗜好;对这些人的意见,无论好坏,我既无兴趣,也不尊敬,我不为他们写作。我毫不掩饰地作此声明,因为我知道古往今来,那些自尊或者为后世所尊敬的作家中,没有一位会让自己屈从于这些挑剔者的口味的。"

同时,狄氏还说:"当涉及生活中堕落可耻的层面时,我尽量避免哪怕是其中最低下的人物口出污言秽语,这不仅考虑到我们时代的教养,也是我个人的口味使然。"

狄氏的上述主张,可能会让我等震惊。因为他似乎确实具备所谓的人道主义立场,关于为谁写作,关于写什么内容,道德底线的划分,一清二楚。

狄氏提倡的写作理念,在当时及之后,有无数拥趸。但是,到伊夫林·沃这儿却未能奏效。其一,伊夫林·沃一向特立独行,并未多透露他的主张。曾起诉媒体诬谤,另因媒体窥视,一怒之下卖了住所,移居他处;其二,伊夫林·沃一贯执行嬉笑怒骂的眦睚风格,正话反说,反话正说,人们可能并未深刻理解他内心的悲哀,尤其是后期,当他求助于宗教信仰,对战后翻天覆地的社会变革，采取谨慎的保守立场之时。（但是有两次，伊夫林·沃由于手头拮据，不得已接受 BBC 的采访。伊夫林·沃为自己导演了一场闹剧，真是可怜。）但通过他的只言片语，我们或许能看出一些蛛丝马迹来。比如，他曾说人道主义并不能救世。伊夫林·沃的一生，久受世人诟病，以致未老先衰，更甚者，有几次近于精神崩溃边缘。所以他说的话，想必也是经过反复推敲的。

之四

狄更斯创作高峰过去约百年，伊夫林·沃写作并发表了《一抔尘土》。工业革命泥沙俱下暂且不说，欧洲也经历了一战。战后像伊夫林·沃这样出身中上阶层的年轻人，因为未能赶上战争一展宏图，而忧心忡忡并成为失落的一代；雪上加霜的是，战后因为征收高额遗产税，这些年轻人所属的权贵阶层也迅速崩塌；加上爵士时代的女性解放和科技带来的声色犬马，现在他们有更多的理由沉溺于年少轻狂的生活方式。这一点在《一抔尘土》所描述的伦敦生活中可见一斑。《故园风雨后》也有较大篇幅着墨狂风暴雨式的社会变革带给这些年轻人的颓唐生活。（创作这部作品之时，已是二战结束，伊夫林·沃经历了漫长无为的军旅生涯，对自己衰落的阶层更有着举歌当哭的心态，同时观察世情的眼睛，更加刻薄嫉俗。）

所以对于伊夫林·沃来说，他并不秉行狄更斯的创作规范，如美的德行能够在任何逆境中生存下来，并最终取得胜利；也不回避狄氏叙事的禁忌，即尽力避免让哪怕其中最低下的人物口出污言秽语。如果说狄氏提倡书恶以扬善的人道主义救赎之举,而在伊夫林·沃看来,无恶可以不书,而且恶要书得彻底才好。为此,伊夫林·沃的作品多次受到天主教会的责难。

伊夫林·沃的社会与狄式社会,前后百年,相差自然悬殊,更重要的,是两次世界大战都策源于并且横行于欧洲,伊夫林·沃的世界早已是伤痕累累。战后展开的世俗化进程,更使伊夫林·沃深刻反思:如果人道主义不能救赎人们,到底什么能担当此责?

这一点,可以从伊夫林·沃在《一抔尘土》的故事设置上,看出端倪来。小说结尾的朗读狄更斯作品可以看作是一个警世的预示,有着深刻的含义。

伊夫林·沃小说中的主人公,经历过两种生活,在文明世界的生活,以及陷落在丛林的生活。这两种生活都没能给他提供出路。实际上还有第三种选择,那就是求助于宗教的生活。伊夫林·沃曾说:"没有宗教的生活,是让人无法理解的,也是让人无法容忍的。"

故事中的老托德,母亲是一位土著,父亲是一位英国人,不过是一个野蛮人,他可能就是伊夫林·沃所谓的文明社会的野蛮人,在丛林担当殖民者的角色。老托德自己也是一位控制当地土著的殖民者,不过他没有受过读写教育,因而退化成彻底的野蛮人。有趣的是,这个野蛮人现在奴役着主人公这个文明人,这是个荒唐的悖论。主人公为什么会流落到这个地步?还不是因为他在文明社会的种种遭遇,导致他自我放逐至此的。他走上这样一条自毁的道路，源于他指望能通过远走丛林，获得救赎。现在事实证明，不能！小说中老托德带主人公去看望那个黑人朗读者的坟墓时，曾与他谈及宗教。意味深长的是老托德在土坟上插上一个树枝做的十字架，意味着死者为这个朗读过程的献身。

故事中主人公是信教的，可是他现在应该更深刻地反思他的信仰。所以伊夫林·沃的故事不仅针对不信教的读者，也针对信教却未能彻底反思信仰意义的读者。因为只有迫切需要灵魂摆渡的人，才真正理解信仰的意义。

正如小说中所述，老托德说他收藏了一整套的狄更斯作品，故事之多，几年之内都读不完；又说他健忘，需要不断地重复倾听这些故事，才能记住所有的细节；又说主人公比起已经去世的黑人朗读者，读得更好，解释得也更清楚……这样一个关于人类社会的书写与阅读的故事，关于记忆与遗忘，关于殖民与奴役，关于历史与反思的故事，会循环往复地进行下去，只是，如老托德所言，不要担心，狄式叙事总会峰回路转，最后总能以惊喜收场。而伊夫林·沃的这个故事，却以一种残酷的悲剧告终——主人公最后不堪奴役，于异国他乡，被抛尸荒野。

而伊夫林·沃，也不动声色地以一种极度疏离的方式，以这个血淋淋的故事结局，宣告狄式叙事的寿终正寝，即狄式人道主义关怀的终结，狄式道德制高点的终结，狄式写作规范的终结，以及工业革命以来西方文明的末路穷途和没有宗教救赎的灵魂的穷途末路。当然，更不要提一场男女情事的终结，一场现代婚姻的埋葬，以及它给主人公带来的灭顶之灾！

之五

伊夫林·沃的保守主义立场，并不是空穴来风。保守主义的要旨其实也简单。其一，认为社会是一个有机体，比如家庭、学校、教会等，应相依相伴；其二，社会发展是连续的，维护连续性的是伦理、宗教等传统观念；其三，反对纯理性的乌托邦理想。这一点埃德蒙·伯克早就阐明。因为社会发展遵循的是长久以来的渐进模式，自然发展的传统观念应作为立身处世的依据，而不是激流勇进的革命或狂风暴雨式的乌托邦理念。伯克的《法国大革命反思录》，循循善诱英国人应尊重传统，明白缓慢渐进的事理，可以说是预见了后来发生在法国的血雨腥风的宿命。而后托克维尔的《旧制度与大革命》，也洞见了乌托邦的破坏作用。在法国连续不断的革命事件中，出现了很多荒诞离奇的情节，除了世人皆知的断头台，还有拆除教堂，驱逐修女教士并强制她们与人结婚等。

伊夫林·沃并不掩饰自己的保守立场，更没有在风起云涌的社会变革里，试图违背自己的良知去顺应潮流。要说他无知无畏，不怕遭人唾弃，倒不如说他固执顽劣，坚守信念。战后的欧洲重建了秩序，可是让伊夫林·沃无比担忧的则是落在极权政权手里的东南欧天主教徒们。20世纪60年代的天主教会改革，如允许用方言代替拉丁文做弥撒，也让伊夫林·沃坐立不安。另外，国内工党执政，力推福利制度，更让他寝食难安。当然，当时丘吉尔没有在大选中胜出，倒也让伊夫林·沃高兴了一阵，因为"如果他上台了，那我就得为保守党背负种种不光彩了"。对于誓不与主流为伍的伊夫林·沃来说，批评与愤世已成了他的习惯。所幸伊夫林·沃很快离世，这样他就无须目睹20世纪60年代末期席卷英伦的青年运动了。

阿兰·德波顿在论及世俗文化如何学习宗教文化时，曾提到以下几点：现代教育仅提供知识，而宗教试图救死扶伤，为灵魂提供慰藉；普通人喜新厌旧，贪图不止，而宗教不厌重复，于仪式中习得大义；世俗生活混乱不堪，而宗教按照日历安排时间，如见月思悟，认识乾坤之大我之渺小，宇宙常在生命易损的道理；常人喜欢胡言乱语，而宗教看重讲演明辨，增进事理；俗人常常身首分离，出尔反尔，而宗教讲究灵肉合一，身心协和；现代艺术为艺术而艺术，而宗教提倡艺术要明理申义；世俗人士我行我素，一盘散沙，而宗教看重社区生活，团体友谊。

伊夫林·沃的文学创作立场，应与他的保守主义及宗教理念等密切相关。只是如伊夫林·沃所言，他所擅长的英语语言只能被用来写作，早年学的拉丁文、希腊文所忘无几，但训练的方法也可用来辨析是非。至于数学理工等，那些不是他的擅长，所以也不能用来经天纬地，治国安邦。伊夫林·沃倒是个明了自己缺陷的人，所以怎么能说他狂妄自负呢？

伊夫林·沃曾为这部小说反复考虑过标题。几个选项都弃之不用，最后定《一抔尘土》为题。立意来自艾略特的《荒原》第一章死者的葬礼，原诗句为"我给你一抔尘土，你便知什么是恐惧"。

在南部虚掷的时光

之一

凡苦难的经历，必要长出伤艳的奇葩。所谓南方腹地，密西西比河下游的这片土地，是肥沃的、贫瘠的，是传奇的、现实的，也是痛与乐、爱与恨、灵与肉相煎熬的土地。

夺走了六十万青年生命的美国南北战争，并不能修复南北之间的裂痕，南方以其固有的传统和价值、美好与丑陋，遗世独立。对南方的记忆是危险的、复杂的，每一行文字都要经受政治正确的检验；对南方的记忆也是肆意的、忘情的，血泪交加的同时泥沙俱下。

早期的黑奴，由于被剥夺了教化，只能通过口口相传的方式，讲述他们对天地万物，人情冷暖的理解，他们有着惊人的叙事能力，血腥的历史中夹杂着荒诞的想象。从烟草地到甘蔗岭到棉花园，从炎炎烈日到暴雨肆虐，无不体现他们深邃的认识。面对日夜的劳作，他们祈祷："神啊，你带我走吧。神啊，唯有躺在棺木里，我才能安宁休憩！"

后来私刑盛行，男性黑奴有可能因为多看了白人女主人一眼而遭绞刑，更是触目惊心！被绞死的黑人悬挂在树上，风吹雨打，成了南方"奇异的果实"。哈乐黛《奇异的果实》一歌，原出自诗人路易斯·亚伦之手，它有着惊悚的意象，阴森的气氛，经由历尽坎坷的哈乐黛唱出，何其深刻。它的文字诉说了乐曲难以传递的意义，乐曲又承载了文字难以到达的境地。如此让人声泪俱下的故事，唯有这奇异的南方才有。

格里尔斯在《荒野求生》一片中，如实展示了这片南方土地的真实面目。沼泽，野兽，一切生物，他们都因遵循着一种独特环境里的生存法则，散发着外人难以理喻的天经地义。

爱丽丝·沃克的《紫色》，描绘了南方令人窒息的炙热，以及作为女人要承受的双重痛苦——异种族的白人给她的痛，和同种族的男人给她的苦。所以南方的一草一木，都沾染了沉沉的气味，是一种说不清道不明的气味，弥漫在所有的事物中。

如何诠释这种气味，托妮·莫里森和玛雅·安吉罗都有令人心颤的叙述。而在20世纪60年代民权运动兴起之前的南方，谜一样的南方，凡宗教、政治、社会的激流汹涌，无不让人在文学上听到撕心裂肺的尖叫。

一反黑人作者的想望，白人作者更是夹缝生存。弗兰纳里·奥康纳与卡森·麦克勒斯两位女性作者，有着惊人的相似，她们继承了来自爱伦·坡近乎神经质的对万物的感受，写出了不朽的故事。你若称之为南方哥特式叙事，未免偏颇，因为只有浸淫在南方的风物中，才会有那种对神灵的敬畏之心！

而南方的男性作者，更是坐立不安。田纳西·威廉斯的《欲望号街车》，作者对于即将消逝的美或美人，是哭之哀之，而对于席卷而来的暴力和突变，是怒之哀之！对于行将消逝的传统、道德、礼仪、社区，在福克纳那里，是痴人说梦，是愤怒喧嚣，是时空颠倒，是欲语还休……南方，是他们的千古绝唱！

之二

圣诞节前一天的入夜时分,我们进入新奥尔良市区。这一天我们驾车一路向南狂奔,在南方腹地的纵深地带前行。空荡荡的公路上除了教堂、赌场的标识,再无其他。

而当平原被沼泽代替时,我们意识到很快要接近陆地的最南端,传说中的这座城也就不远了。繁茂的植物,预示着鸟兽虫鱼的肆意生长。我们经过架在沼泽地上的桥,看到漆黑的水,水中巨大的树,以及远处那些未知的事物,便想假使有一日城池突然消失,靠近浩浩荡荡的密西西比河入海口的这片土地,一定会被荒野丛林重新占领。它原生的凶险,会使树林上空的雾气爬升到低垂的云朵之上。三百多年前法国人初到此处,带着十字架、罗盘、枪支,困扰他们的问题,肯定会同样困扰任何一个闯到这里的探险者。

夜幕四合之时,我们穿越大河上的铁桥,终于到达了城区。我们在辉煌的灯火中,在喧嚣的市声中,找到法国区波旁街的旅馆住下。

法国区始建于18世纪早期,是法国人在南部最早的聚居地。这个法国人的殖民地,如同我见过的其他曾经被殖民过的地方一样,留下了殖民者深刻的印记。弥漫在整个南方腹地的语言、食物、音乐、礼仪以及其他风俗,无不发端于这个港口城市。

法国人从这里登陆,沿着密西西比河向北进发,试图将南部种植园的物产运往北部交易,同时获取沿河的动物皮毛。但是今天这里的老式建筑,却是18世纪晚期西班牙人留下的。19世纪初杰克逊率军在此击败英国人,为他后来的事业赢得了声誉。及至后来政府购买这片被称为路易斯安那的新领土,迁入移民,这片土地几易其主,它所沉积的文化,如同这条河流所沉积的淤泥一样,是神秘复杂的,一言一语难以描述清楚。

1938年,田纳西·威廉斯来到新奥尔良,就住在法国区的图卢兹街,紧挨着波旁街。1947年他创作了《欲望号街车》,其中提到的这辆被称为"欲望号"的街车,从1920年运行到1948年,它从波旁街向南穿过法国区,到滨河区的欲望街,最后到达运河。剧中女主人公布兰奇初到该城时曾说:"他们告诉我搭乘欲望号街车,然后换乘墓地号街车,过六个街区后,在天堂下车。"这些蕴含着某种含义的街名,使这个城市更具传奇色彩。

威廉斯的戏中有他的人生,他的人生就是他的戏,两者难分彼此。他的母亲是典型的南方淑女,家族没落后,下嫁给在制鞋厂工作的他的父亲。她有着忧郁的气质,近乎歇斯底里的性情,耽于阅读、艺术、自然的野趣,以及怀旧情怀。同时,她执着于礼仪,有着世俗上层社会的势利和固执。丈夫的酗酒和暴力,使她脆弱的神经濒于崩溃。旧南方的很多书中,都游荡着这样的女人。她们是绝望的,又是不甘的。在大厦即倾的瞬间,你会听到她们惊恐的呼叫;在残留的废墟里,你会听到她们游丝一样的叹息。

福克纳的《喧哗与骚动》一书中,康普森夫人就是此种类型。虽然她的丈夫没有对她拳头相向,但他却整日待在书房里闷闷不乐。因此,她要一人面对大儿子的自杀、女儿的离家出走、二儿子的愤世嫉俗、小儿子的痴呆无奈。她总是困在楼上的房间,动不动就要躺下休息。在尘世的喧嚣巨变中,我们看到的是她一颗备受煎熬的心。

分崩离析的家庭,一直是威廉斯的主题。他情同手足的姐姐,得了抑郁症,一场脑部手术,又使她终身残疾,之后便一直住在精神病院。她是他心中永远的疼痛。充斥着《欲望号街车》一剧的酗酒、争吵、怒吼、哭泣、扑克牌聚会,不仅充斥着作者的生活,而且也充斥着整个人类生活。多年前我看的一部名为《2025》的电影,就有女主人公为了掩盖自己的咽咽哭泣,开大了留声机这样一个情节。

无独有偶,尤金·奥尼尔的戏剧《长夜漫漫路迢迢》,也是一个以家庭为主题的悲剧。一个对药物上瘾的南方母亲,一个郁郁寡欢的演员父亲,一个得了肺结核,随时担心自己会死亡的儿子,还有一个酗酒愤怒的儿子。笼罩在这个家庭上空的是彻夜不眠的忧愁,是难以启齿的爱,是魂牵梦绕的牵挂,可也是煎熬,是孤独,是疯癫。

而阿瑟·米勒的《推销员之死》一剧,说的则是另一个家庭的崩塌。作为北方大城市推销员的父亲,为了让他寄予厚望的儿子有一个前途,不惜开车撞死自己,由此获得的保险金可以让儿子立业。

到此,美国20世纪最伟大的三位剧作家,分别叙述了南方的荒诞,和北方的梦碎,他们用自己的方式,阐释了人类历史上独一无二的20世纪。

之三

第二天便是圣诞节。我们因为突然来到一个陌生的城市，心中感到一种莫名的荒凉，同这会荒凉的城市一样，大街上偶尔有几位行人购物归来，商场也提前打烊了。当冷风从大河上吹来时，我们突然意识到，今夜，我们都是远离家人的人。

好容易找到一家中餐自助，进去后才发现，我们也许是唯一的客人。在国外的中餐，都是这样的——它是一种奇异的混合物，是餐馆主人努力迎合当地口味的产物，像一块蜡制的蛋糕，鲜丽养眼，但可能食之无味。

中餐，像这里所有的其他事物，从语言到饮食到音乐，面临着瓦解和重新组合。早期殖民者中的法国士兵，在蛮荒之地生存，面对西非过来的黑奴、本地的印第安人，其风俗习惯也被迫改迁。后来在七年战争中，加拿大东北部阿卡迪亚地区，被英军打败的一些法国人，南下投奔了新奥尔良的法裔。再后来，又来了西班牙人，和从新英格兰过来的各族移民。在这一片混乱中，出现了一种新的语言，它是当地各种主要语言的简化和杂糅，人称克里奥尔语，而这些人则被称为卡真人。

另外，法国国王为了区别从法国过去的殖民者，就把在新奥尔良一带土生土长的法国人（当然也包括与当地人通婚的法国人后裔），统称为克里奥尔人。传说法国国王甚至下令遣散国内监狱里的年轻女囚，责令她们远嫁新大陆的法国士兵。在路易斯安那成为美国的一个州以后，政府曾要求英语作为官方语言，学校等也停止使用克里奥尔语。但是经历这一段辛酸历史的克里奥尔人，上至小种植园主，下至贩夫走卒，再也不能离开这片土地了，因此决心维护自己的语言文化。他们虽要面对洪水、疾病和未知的一切，可也乐于远离旧大陆的陋习和腐朽，及至法国连年爆发革命，革命者又大开杀戒，竟有更多的法国人漂洋过海来这里落户。

所谓克里奥尔／卡真菜肴，最常见的是一种蔬菜加海鲜或肉类的炖菜。所用的蔬菜改良了法菜中的老三样，如洋葱、胡萝卜、芹菜，剔去了胡萝卜，加入了青椒，成为名厨保尔·普吕多姆所言的圣三位一体（沿袭法国人的天主教情结）；所用的肉类有香肠、鸡肉等，早期可能还用沼泽地里捕来的短吻鳄或乌龟。

除了食谱，当地的音乐也独具风格。早期简陋的乐曲，多用于结婚、葬礼、家庭小聚。在南方的橡树和玉兰花下，乐师演唱的多是关乎死亡、孤独、爱而复失的寂寞心声，表达的是流亡、拓荒、蛮天野地的断肠情怀。所有这些主题，后来都融入爵士乐的发展中，衍生出今日让我们爱不释手的音乐。这一番殖民地自有的悲歌喜乐，可真让我们不知所措。

圣诞夜我们先去了大教堂，那儿有盛大的弥撒活动。雕饰繁复的天主教大教堂里，座无虚席，信众们正在聆听牧师的布道。其时正值伊拉克战后一年多，他在讲演中提到了难民、贫困和流离失所，座中不时有人呼应。

回到波旁街时，我们见到了这条街一年中最难得的情景。华灯之下，人头攒动，有多少人都希望能沾一点这儿的气味，染一点这儿的颜色。游客、小贩、艺术家、夜店工作者、流浪汉、赌徒、醉鬼、嗜毒者、无神论者以及各式信徒。

之四

新奥尔良有最盛大的狂欢节，叫忏悔节，为大斋节前最后一天的庆祝活动。相传每年复活节前要戒斋，戒斋之前的这段酒神生活，为期约两周，最后一天叫狂欢星期二，在2月3日到3月9日的某个星期二，有最大规模的嘉年华活动。

我们没有赶上新奥尔良的狂欢节，但我们经历过在其他城市举行的这个节日。这一天众人都手持酒瓶，奇装异服，欲醉。当游行的花车经过时，车上的人便扔出紫绿黄三色珠子，众人纷纷上前哄抢，似乎忘记了一切文明教习，回到了肆意妄为的状态。想来也是，多少时候我们都衣冠楚楚，正襟危坐，殊不知我们的基因里，埋伏着远古时代想抛开一切约束、尽情嬉玩的情结。因为这个狂欢节，新奥尔良连同迈阿密、拉斯维加斯，被称为三大罪城。

说到罪，自然要说到欲望，说到灵魂（这里是灵魂音乐的诞生地），说到今世或来生的安息地。新年的第一天细雨绵绵，我们去往以前种植园主聚居的花园区，搭乘欲望号街车，最后到了拉法叶墓地。该墓地建于1833年，如今偶尔还在使用。这里的墓地也是独特，因为城池低于海平面，建了诸多大坝与河海相隔，所以墓地建在地面之上。城市并不大，但有近四分之一的土地被各种墓地占据。

细雨飘摇的新年第一天，鲜有人拜访墓地。我们来到墓地入口,看到巨大的石雕群,矗立在灰蒙蒙的天空下。悲伤的玛利亚石像,她向下蜷曲的身体,分明诉说着今生消逝、来生未卜的迷茫。她守望着这么多亡者栖息于此,如果亡灵真的存在,那入夜时分,她应能听到他们的轻声交谈和他们游丝般的呼吸,还有他们感时应物的悲鸣,比如他们要面对不能承受之轻,攀到了树顶却不能坠落;比如天亮时他们便要离开,万般不舍;比如他们看到旧爱有了新欢……

我们想象着作为亡灵的痛与伤。可是我们也想,亡灵也该有我们没有的小快乐吧!比如他们不会感到饥渴,比如他们可以飞翔,比如他们无须像我们那样备受伦理道德的煎熬……我们轻轻穿过墓园,偶尔在某一个墓碑前停下,要么是因为有着别致的碑文,要么是有人刚放了一束鲜花。我们便想,其实城中的这些亡人从来就没有离开过,他们与生者是同呼吸共命运的。

新奥尔良建城几百年来,由于地处海平面以下,历史上曾遭遇过几次大洪水。为此白人慢慢迁出,而黑人不断迁入。几年前卡特里娜飓风来袭时,堤坝决口,海水倒灌,城池被淹。那已是我们离开新奥尔良之后的第二年。

我们在新闻里看到被淹没的城市,痛心疾首,便想到利德·贝利的那首歌曲《日升之屋》。传说当年有两位白人到南方采风民间音乐,听说贝利才华横溢,但被囚于牢中,便求当局放了他。贝利一把木吉他,唱尽了这座城的悲欢离合。当年城市被淹,有人收集了诸多照片,同时配以这首歌,以表纪念。

《日升之屋》讲的是有一处叫日升之屋的房子,一个黑人孩子在那儿不幸失足的故事。多年以后,当我们听到这首歌时,便回想起在这个城市度过的每一寸时光……

2017 年 1 月

现代文学的浮华镜像

之一·关于郁达夫

正值春天,可读郁达夫的《春风沉醉的晚上》一书。此人制得一手好诗词,有《南天酒楼饯别王映霞》,现录如下:

> 自剔银灯照酒卮,旗亭风月惹相思。
> 忍抛白首名山约,来谱黄衫小玉词。
> 南国固多红豆子,沈园差似习家池。
> 山公大醉高阳日,可是伤春为柳枝。

今日读郁达夫一篇关于杭州的文章《最销魂处是杭州》,不料哭了一场,也笑了一场。

去年秋风乍起,还与友人说及郁达夫的《故都的秋》,记得文中有一句:"在皇城人海之中,租人家一椽破屋来住。"始终记得这么一句,是因为自己当年也在北京租过房子。不知郁达夫租住的是故都的哪一角落。我租住的是西北角,离西郊也近,所以更是如郁达夫所言,"向院子一坐,你就能看到很高很高的碧绿的天色……"碧绿的天色也罢,年轻的人事也罢,都过去了。

郁达夫作《沉沦》时,还在日本读书。1921年此书面世,举世震惊。我于成年之前读到此书,只觉天旋地转,真实感受到了他于乱世中的颓废和愁苦。郁达夫写家国忧思时,甚至不惜写到自慰。试想还有谁能像他那样,那样率真赤诚?今日想来也难怪,他早就研究了西方文艺,尤其是俄德两国的小说,所以无论在形式还是内容上,都有可供他自由挥洒之处。到后来读《春风沉醉的晚上》等小说,更是被他察世的锋利无情所折服。

郁达夫于1933年开始到杭州居住,到1938年下南洋,并于几年后命丧于斯,中间不过数年光阴。至于迁居杭州的原因,他说是"妻杭人也……父祖富春产也,歌哭于斯,叶落归根,人穷返里……铩羽归来,正好在此地偷安苟活,坐以待亡"。最后几字,着实沉重。

因为,他后来于印尼,死不见尸,显然与妻无关(与王映霞早已离异),也与父祖无关(富春故里也未见其叶落归根),至于偷安苟活的福气,他也没有享受到,坐以待亡更是没有实现。因为像他那样热血行事之人,注定会把自己流落到异国他乡,并最终曝尸荒野。

其实,郁达夫由上海迁居杭州,未必是件好事。在沪上居于杂户陋巷,虽然事务繁忙,倒也粗茶淡饭,夫妻相守。到了杭州,反倒应酬不断,俗事缠身,乃至夫妻反目。他曾写道:"曾因酒醉鞭名马,生怕情多累美人。"这两句写于1931年,正是他杭州生活的写照。

难怪郁达夫于文中谈到了杭州人的脾气,说吴越之后,一直受制于人;南宋之后,更是染上文弱毛病,一蹶不振。又谈到当地人溺情山水,幽赏风雅不断;浅薄巧智,小名小利不绝云云。

郁达夫虽然也交友应答,却始终是个明白人,说了这番话,不乏奚落戏谑,加上些才子痞气,所以让我笑了一场。

> 2015年4月初成
> 2016年10月补记

之二·关于庐隐

又是一日春光,忽想起少年时读过的书。论颓废,可与郁达夫相左的还有庐隐。其小说用的多是日记或书信形式,结集《海滨故人》发于1925年,后再作《一段春愁》,两年后卒。

庐隐一生历难无数,特立独行之处可与萧红相媲美。邵洵美曾说,"庐隐的天真,使你疑心'时光'不一定会在每个人心上走过;喝酒是她爱的,写文章是她爱的,打麻雀是她爱的,唯建是她爱的。"

庐隐与唯建的鸿雁传书收在《云鸥情书集》中,于1931年刊出。相似体例,后有鲁迅的《两地书》,徐志摩的《爱眉小札》。兹此,现代文学中,虽然国事家事,离乱纷纷,却也有一点温暖迹象。

唯建之前,庐隐与郭梦良曾有婚姻,但郭梦良年纪轻轻病逝。庐隐一人携着女儿,于沪上教书糊口。期间,恰逢好友石评梅,也失去爱人高君宇(石评梅不久郁郁死去),二人常常抱头痛哭。现代文学中的这些呼号与哭声,在当时许是有意义的,也即鲁迅所言的一间"黑屋子",唯有声嘶力竭,才能惊醒沉睡之人。

> 2015年4月

之三·关于沈从文

要说春天，自然想起写山写水的沈从文。他提到张兆和时曾说："我这一辈子走过许多地方的路，行过许多地方的桥，看过许多次数的云，喝过许多种类的酒，却只爱过一个正当最好年龄的人。"

沈从文后来失去了在北京大学的教职，一部分原因可能是他是个小学未毕业的乡下人。他便转而研究漆器、铜镜和古代服饰，聊以打发光阴。沈从文亡后七年，张兆和在整理他的书稿时说："从文同我相处，这一生，究竟是幸福还是不幸？得不到回答。我不理解他，不完全理解他。后来逐渐有了理解，但是，真正理解他的为人，懂得他一生承受的重压，是在整理编选他遗稿的现在……"

1949年3月，沈从文曾多次自杀未遂。一次是将手伸到电插头上，被儿子救了。另一次是喝煤油，并用剃刀划破了颈部及两腕的脉管，获救后，神思恍惚，还住了一段时间的精神病院。当年9月，沈从文的身体有所恢复，意识到自己不能再从事文学写作了，就转行到故宫博物院，做古代服饰史方面的研究。这是现代文学史上很引人注目的"自杀"与"弃文"事件，也成为新中国知识分子精神史的一个"谜"。作为后世的读者，我们很难理解当年生活底下的潜流，以及当事人内心的苦厄。

2015年4月初成
2017年8月补记

之四·关于陆小曼

四月已临,想到有关"你是那人间四月天"的人与事。所谓"南唐北陆"两位人物,结局大不相同。上海的唐瑛,安享晚年。北京的陆小曼,因徐志摩飞机失事,自二十九岁始素衣服丧,从此绝迹于公开场合;1949年之后,几乎不出沪上居所,就外界对她的指责亦不做任何辩解;只是执笔伏案,一心想成为能自食其力的画师。无奈病魔缠身,一黑一白(鸦片与白饭)不断,仅靠翁氏变卖古董维生。

唐陆两人,皆出身世家。因父辈留洋,家中风气开放。二人皆女校毕业,中西双修:既习外语钢琴飞车骑马,又弄诗词京昆山水文章。此外,二人曾一起登台献艺,美艳无双;又办得云裳服装公司,步趋巴黎时尚。出入交际场所,如此这般,一时传为名媛美谈。

及至山雨欲来风满楼之际,陆小曼每日阅读《参考消息》,惶惶不可终日。期间,胡适之在台湾要竞选总统,有做统战工作的人士找她谈话,亦被她婉言相拒。1965年她孤身一人亡去,身后无儿无女,想葬入徐家祖坟,却被断然拒绝。

又一说,其骨灰一直于某处寄存,后遇拆迁,无奈之下,匆匆葬于万人坑内。徐氏《爱眉小札》固然是好,然翁氏与她病老相伴,几十载不离不弃,亦是难得。

2015 年 4 月

之五·关于蒋碧薇

昨日小病,竟日卧床。想起年前翻书,有提及蒋碧薇之父病亡一事。时值战乱,蒋父虽七十有余,仍四处教书,糊口奔波。后徐悲鸿来过,取走蒋父房中所挂一画。此画为徐悲鸿所作所赠,这番取走,疑与蒋碧薇渐生间隙有关。蒋父幽愤,不日病倒,竟卧床不起,不久亡故。

蒋碧薇哭道:"未料我也成了没有父亲之人。"其与徐悲鸿离合多年,心中自苦,唯有老父可亲。当年徐悲鸿才情横溢,与蒋碧薇私奔,蒋父未加阻拦。此番死去,出殡之前,尸陈堂前,徐悲鸿来吊,蒋碧薇痛绝,难免又添怨恨。之后丧事,交由张道藩料理。

昨见蒋碧薇照片,并无姿色可言,始信1926年张道藩向其一吐衷肠,疑为真爱。1937年张道藩重见蒋碧薇,二人日通书信,甚是缱绻。1949年蒋碧薇随张道藩去台湾,至1958年与其分开,约十年光阴相守。然张道藩自有家室,蒋碧薇隐忍度日,甚是愁苦。1968年闻讯张道藩住院,及至病榻之前,张道藩已是垂死,未能辨认蒋碧薇。

1953年徐悲鸿离世,正值蒋碧薇去往台北画展,偶遇孙多慈,便将消息告知。孙多慈当即泪如雨下——怎堪回首,当年与徐悲鸿苦恋一事?于廖静文,徐悲鸿一死,更是天塌地陷。

2016年11月

之六·关于林徽因

金岳林曾指称梁氏夫妇为梁上君子,林下美人。可金先生自己也是君子矣。他一生未娶,逢林的生日,他便买了酒一个人庆祝;至林徽因病亡时,他失声痛哭;照顾梁氏子女,他视同己出。他这一生,应验了圣徒要追随信仰的热诚与决心。

林徽因在少年时即随父欧游,接受西方教育,青年时即得盛名,及至后来嫁予梁家,当然为人妻人母,不乏辛劳。所谓入得厨房,出得厅堂。曾记得读过一文,述及梁家亲眷数人赴京办事,投宿梁家。林徽因则事无巨细,悉数照顾妥当。

林徽因的敬业,也是开一代先锋的。当年探测佛光寺,骑驴徒走,不畏舟车劳顿,又徒手攀上寺院前幢测量。至设计国徽事宜,更是丝毫不得怠慢。曾有人送来方案让之过目择选,林徽因当即奚笑曰:"此人设计,如同乾隆书法一般!"意指甚是无当。由此可见林徽因术业之专精,然其鬼怪精灵之处,亦可见一斑。

林徽因虽身子娇弱,却干练利落,深得众人欢喜。然其自在气质,芳华难掩。又善梳妆打扮,更是锦上添花。纵在李庄岁月,苦寒不堪,林亦鬓发不乱,体面周全。

林徽因每每读诗写诗前,必沐手焚香,以示恭敬。林氏的厅堂,自然是高朋满座,相当于她是教主,或布道,或浅笑,众人皆乐享时光。谢婉莹曾斥之为太太沙龙!殊不知此太太,非平常太太矣。

至1952年冬,林徽因落下病疾,已卧床不起。梁氏照顾左右,恪尽心思。其时于亲友处借得一屋,用以养病。林徽因日夜咳嗽，梁氏亲手熬得羹汤，喂其服下；又恐其身子单薄，给炉子添加煤火时，不宜过热；又恐天寒地冻，亦不可过冷。虽则恩爱有加，怎敌得过香消玉殒？至1955年春，终于撒手人寰。

2015年4月初成

2018年3月补记

之七·关于冰心

今春北方久旱，又逢飞沙走石，可谓度日如年。不禁想起年少时读冰心，如见一汪春水。（1923年谢氏乘坐远洋轮去西方求学，同年发表文集《繁星》《春水》）几年前曾到福州三坊七巷，见到了她在岭南的望族旧居。后来才知，她于抗战期间在重庆做过大官，当然招致同行相轻。苏青曾说读其文甚好，见其貌则感失望，此言甚是刻薄。

谢氏早年的"问题小说"，旨在揭露社会问题，立志高远。1933年谢氏写的《太太的客厅》（一说影射林徽因），更是悬案一桩，有好事者，将此文与钱氏锺书的《猫》相较。可见她对世事甚有洞察，且爱憎分明。然其嬉笑怒骂，止于1949年。她亦坐过"牛棚"挨过批斗，可未曾写出诸如巴金《我与萧珊》或季羡林《牛棚日记》之类的文字来。北岛曾回忆说，当年与其他小将们改造谢氏，说她写汇报材料，或应对各类事件，甚是稳妥，几为滴水不漏。及至后来媒体一片称颂，"世纪老人""文学祖母"等头衔纷沓而至，她对前尘往事，也就避而不谈了。

谢氏是在去美的轮船上结识未来夫君吴文藻的。吴文藻专攻社会学、民族学,并为之奉献一生。尼克松访华前夕,二人从乡下的改造之地,被召回北京,从事指定的翻译任务。自此夫唱妇随,虽历尽风雨,也算终老有望。谢氏夫妇育有儿女三人,两女皆为教授。长女治学严谨,为人极为谦逊;二女则活跃率真。1999年谢氏离百岁差一,媒体送九十九朵玫瑰,甚是热闹,不久后辞世,算是功成名就。不料年前,其孙因父亲的家事纠纷,竟在其祖父母的墓碑上,用红漆洒泼,一时众人哗然。谢氏不仅文字端庄,还译介泰戈尔作品至华,可惜春水之心,未尽人皆知;身后之事,一言难尽矣。

2015年4月初成

2018年4月补记

之八 · 关于鲁迅

像今天这样的天气,非常适合谈论鲁迅。就是整个天空压得很低,阴沉沉的,空气是冷飕飕的。所以路上的行人都裹紧了衣服,行色匆匆。你能感觉到更冷的气流,正在更北的某个地方酝酿。在燕山或者太行山脉,或者更远的西伯利亚。说到西伯利亚,总让我想起戴着手铐脚镣的流放犯,想起索尔仁尼琴的劳改营里冰冻三尺的铁窗。所以气候的变化,有时只需某个瞬间,就急转直下,人事物事也是如此。

鲁迅归国后,在北京、广州、上海都生活过。广州才八个多月，上海是九年多，直到去世。只有北京，生活的时间最长。他于1912年随北洋政府教育部迁到北京。先是在宣武门附近的绍兴会馆住了七年；而后购买了八大湾的房子，把绍兴的家人也接来同住；1923年因为与其弟周作人一家生了间隙，就搬了出来，暂时租住在西四的一条胡同；之后在阜成门附近买了房子，修缮一番两年后入住，一直到1927年离京南下，前后一共十四年光阴。

他一直维持着这个让他郁郁寡欢的职位，出于一定的原因。其一，俸禄还算优厚，可使生活基本无忧；其二，时间也算清闲，因此可以做自己喜欢的事情。当然，也不能不提他的职业工作，比如主持教育会议，主讲美术实习会，主持设计国徽，考察戏剧，参与图书馆建设，筹建历史博物馆，促成注音字母通过，举办儿童艺术展览会，等等。

但是重要的是，他利用业余时间所做的这些事情，比如去各个学校讲课教书，比如读书校书，整理碑帖，辑录古籍，翻译作品。当然更为重要的是，他在创作，写出了《狂人日记》《呐喊》《彷徨》以及《中国小说史略》等作品。

有人说北京的文化与鲁迅没有关系，或是一种疏离的关系，这也不无道理。他对复古的文人和留洋归来的绅士，都是要调侃一番的。八旗子弟们玩耍的遛鸟看戏，或引以为豪的学理诗文，他是看不上的。留洋绅士，要是一味地照搬东西，他也是看不上的。所以他居住在僻屋陋巷里，研究历代石刻、汉代画像、佛教经书等，不能不说极尽疯狂苦闷。他把研究的石刻拓片收在一个集子里，称为《俟堂专文杂集》，"俟"字就是等死的意思。这也体现了他一贯的睚眦态度。

但同时,他的心思也热烈地倾注在故乡的事物上。故乡情结,与他恋恋不舍的一草一木、社戏乡俗等也有关系。他的这种心态,也体现了长期以来南人与北人之间的文化分野。南人钟情于江南的水乡,精致的细节,含蓄的形象;而北人看重彪悍的形象,刚武的力量,粗粝的表达。可是,他在故乡图景里展示的人物,病态社会里知识分子和农民的精神痛苦,却具有跨越南北的普世意义。

多年前曾去往他在阜成门附近的故居,见到了他清教徒般的生活场景。书桌上摆着茶杯、烟缸、笔架等,甚是寂寥。1936年死前,他虽然也如王国维那样,嘱咐我死之后,当草草棺殓,却迎来了多达一万人参与的隆重葬礼。当然,凭他的战斗脾气,是不会说出王氏那样的话:五十年来,只欠一死,经此世变,义无再辱。

忽然想到,鲁迅爱吸烟,也喝酒,他与自己生气时,会躺在水泥地上惩罚自己,好像是个任性之人,因此估计他不会一味苟活;也见过他的遗容照片,形容枯槁,一如风中落叶。一个鞠躬尽瘁,灯残漏尽的人,怎能再去经历种种不堪呢?想到这里,又不禁为他的早逝,暗暗感到高兴。

是为记,也不枉我青年时期,长达几年,如饥似渴地阅读鲁迅。

2016 年 10 月 19 日

鲁迅忌日

关于东南,关于檀林

每一种文化,大概都可以从内在、外在两个视角来观看。Diaspora 一词,原是指流散在外的犹太人;Chinese Diaspora 指的是流散在外的中国人,也即华人。温州人由于有一个流散国内外的历史,被称为中国的犹太人;仅就地域来看,似可划分为择留本地的温州人,以及流散在外的温州人。今天要说的檀林一员,夏君鼎铭,就属于流散出去的温州人。

"檀林"原为温州师范大学的文学社团。檀林诸君毕业后,各做风流散。流散到国内各地的,不外乎北京、上海、杭州。相对于鱼米之乡豢养的温州,北京是一个苦寒之地。几年前我曾写过几句,略表意思:"北渡浮生三十载,蛮天风过去无还。忽闻惊蛰江南起,夜雨鲛珠到枕间。"如人所言,若不是孽缘深重,谁愿意被长途流放出去?与北京相比,上海的路途倒是近了些,风俗习惯也相似;最自在的估计是杭州了,得天独厚,携有西子湖弱水三千,加之植被丰泽,可算是人间胜境了。

可这也许只是我个人的揣测,对于流散出去的檀林人来说,一件华丽的袍子底下,虱子的况味如何,只有当事人自己知道。犹太人的流散,是迫于无奈;檀林诸君的流散,多是源于自我放逐。现代化情境下,故乡与他乡这两个词语,具有似是而非的悖义,比如,"反认他乡为故乡",或者"比异乡还要陌生的故乡",可见流散导致了词义的互换与逆转。

自我放逐作为一种特殊的流亡,其悖义性与荒谬性,是常人难以想象的。近百年前，鲁迅流散到了北京，居住在僻屋陋巷里，靠研究历代石刻与画像打发时光，可谓极尽疯狂苦闷，而后他将拓片收在一个集子里，称为《俟堂专文杂集》，"俟"字就是"等死"的意思。郁达夫在阶段性的流转之后，回到杭州暂居时说："歌哭于斯，叶落归根，人穷返里……铩羽归来，正好在此地偷安苟活，坐以待亡……"这两个人，一个在异乡等死，另一个在故乡等死，到最后"等死"的希望都落了空：两人之后都迎来了进一步的颠沛流离，前者作为肺病患者，灯残漏尽亡于沪上；后者遭到了杀戮，葬身海外。

我这样说，虽然有些悲观，却是为了证明：现代人的辗转，乃是一种常态，而我们这些个体的生活，又构成一种总体。Gestalt一词，表示"整体大于部分之和"之意。每一种文化，都有一个整体的抽象概念，它大于个体之和。檀林作为一个整体，似乎要大于其成员的总和；檀林流散成员的个体故事，又构成檀林流散的总体镜像，这个总体大于其个体之和，它既映照了中国现代化的进程，也展示了世界运行的大图卷，是世纪之交的社会学、人类学的景深剧场。同理，檀林缘起的温州，属于东南文化。东南文化作为一个整体存在，具有自己的征兆与命理。在中国，长期以来有南人与北人之间的文化分野。南人钟情于江南的水乡，精致的细节，含蓄的形象；而北人看重平川的意气，刚武的力量，坦率的表达。好像一场考古挖掘，在北方可以掘出白骨三十千，无数的战车与马骨，你可以说，此处曾是史上某某战役的场址；而在南方，大概能挖出陶罐与丝绸的残片，以及大小剥蚀的园林。南人的宿命之处，就是居于多山峦河海的区域。比如这个山，就很诡异神秘，赶上改朝换代，就可能有人装疯卖傻，蓬头垢面，又哭又笑，避入山林不得踪迹；比如这个海，也有很悲壮的一面，到了追兵在后，走投无路之际，就可能有忠勇之徒这样的断举——不惜跳下悬崖、葬身鱼腹。另外那不尽的河湖，九曲水巷，连同连绵的山海，叠嶂瀚海，制造出一种烟雾般的气息，既模糊又险峻，长年累月笼罩在南方大地，也成为南人心头挥之不去的家史与隐痛。

而东南沿海呢，除了上述特征，还有三种品性：远离中原大陆，天高皇帝远，所以宗族文化发达；临近国土末端，作为边防疆地，得不到建设投资，因此惯于自力更生；近现代史上，因商埠开放，又成为洪水猛兽的试验场所。鉴于这种复杂的关系，东南沿海便有了其一言难尽的乖戾秉性，或可勉强概括为如下几个方面：

其一，兴传统文化。耕读传家有数千年的存在，东南虽属边土，并非蛮夷之地。几多水秀，四季景明，汉文化的传承源远流长，比如讲求书画研习，琴瑟歌和，师徒承继，朋辈结社等。

其二，尚方志考证。这一点或与倚重宗族文化有关。古代的族谱世代流传，大都保存下来，不曾佚失，这得归功于深入人心的群体文化认同。你若是南下，一路行脚到东南腹地，越往南走，看到的宗祠建筑就会越多。凡是年代久远，因世乱毁了的，总有明达之人，不惜出资或化缘，予以重新修复。到了现当代，官方也有专属部门，对地方人文与历史风物，进行采集考据。方志这项事业从未间断，多源于深入庶民的习俗。

其三，求民间仪态。所谓民间，是指一方水土积累的深厚文化，比如地方作家的文学作品，饱含浓烈的传说、传奇成分；也指独立于流行价值，不受其披靡影响的恬淡态度，或者甘愿淹埋于市井、相忘于江湖的立场。鉴于历史渊源与地缘因素，东南文化的子民，养就了隐于闹市，退于山林，或断于海水的行为。在他人看来的乖戾之举，在当事人眼里，仅是一种修身处世的常态。

依此看来，檀林的存在，便有了理据。地理分布上，檀林源于东南沿海，具有该地相应的群体征候。难怪永嘉山水文脉，早期曾被看成是一种相关，但檀林远不止这些气象。它发端于20世纪80年代末90年代初那种求新求变的渴望，因此更接近于海水精神，而非内陆气质；更具有自力更生、闲散在野的民间立场，而非依附、求全的态度。这种气质，既是檀林人的宝石暗器，也可能是檀林人耽于小众、不思"进取"的隐忧，可谓成也檀林，败也檀林。

2019年10月27日—30日
写于杭州—北京

蓝紫是一种招魂色

4月刚过中旬，满园子的鸢尾就发花了。今天从花前走过，感觉这沉沉的蓝紫色，就要把我的魂魄摄走了。

有一段时间，我特别沉迷于词语，就忽然打算，要为所有的词语，找到它们对应的事物。比如说，假设万物都有颜色，那禁欲是什么颜色？魂飞魄散又是什么颜色？冥思是什么颜色？爱与死，又是什么颜色？

离开文明繁杂的北半球，往南走，到新西兰，你就会遇见一种高树，开满了紫色的花朵。再往南走，在离开大陆去往南极之前，如果你投宿在南美洲最边缘偏僻的这个小镇，你定会发现，到处是这种高树，开满了紫色的花朵。

这样到了文明稀薄，气温寒彻的南极，你忽然明白：禁欲的颜色，魂飞魄散的颜色，就是紫色。

当然，蓝紫色的睡莲，也是我倾心的。在古埃及，蓝色睡莲象征永生，因为它朝开暮合，如日出之神。它出现在庙宇的廊柱上，墓穴的壁画中。头饰莲花和手执睡莲的人物，徜徉在人间和地下的建筑和绘画里。尼罗河上盛开的蓝色睡莲，与这个国度其他独特的事物，如莎纸草书写的亡者之书一样，指向来生。今生是可以忽略的片段，往生已然，只有来生是可以热烈向往的。同样在南欧的修道院，历史上祭祀用的花朵也是蓝色莲花。它有着非同寻常的颜色，安静的姿容，出没于溪河潭泽，生长于一切流水潺潺的地方。

在爱伦·坡的长诗《乌鸦》里，一只漆黑的古鸦，于漆黑的夜晚，飞抵诗人的住所。它停歇在门楣上方的雅典娜半身塑像上，一遍遍说永不。今天我反复阅读，总觉得此诗的每一节结尾，这只古鸦说的永不，就是对诗人所提的每一个问题的答复。

当他问及已经过世的丽诺尔，是否身在天堂，乌鸦答道永不；当他说要痛饮一杯忘忧水，以便忘却对丽诺尔的思念，乌鸦答道永不；当他怒斥先知，凶兆，不管你是魔是鸟，请立刻离开，乌鸦答道永不；这时他看到这只古鸦，像梦游的魔邪，将阴影投射在地板上，他最后一次发问：我的灵魂，能否从这阴影中升起？回答是永不！

而在此之前，在这个漆黑的暗夜，诗人正独自宿醉在空寂的住所。突然，他听到窗外笃笃笃的声响，便起身走去，以为是一阵风的敲打。待他开门，才发现这只古鸦，矜持冰冷，高栖在门楣之上。他在有着紫色窗帘的卧房里，抱着一个有着紫色衬里的天鹅绒靠垫，时而忐忑不安，时而满腔悲愤，聆听这只乌鸦的回答。所以，紫色，于濒死的爱伦·坡，于我，不亚于一种招魂色！

在济慈的诗歌《夜莺颂》里，也出现了紫色。那是纷纷凋零的紫罗兰，被绿叶遮蔽着，连同香草、山楂、灌木、蔷薇、野玫瑰，是诗人在聆听夜莺时，灵魂出窍，想到的花神酒乡的幻象。夜色温柔，泡沫在杯沿浮动，紫色的嘴唇，啜饮着酒浆，而诗人，已经随着这不死的夜之精灵，飞入彼岸他乡，远离此世的悲苦惆怅。

在这半梦半醒的边界，似乎死亡可以轻易抵达，不但没有痛楚,反而是一种喜悦。而半醒半梦的境地,也让他想到了古时逃荒的露丝,在异乡的田地上,这鸟声,让她猛然惊醒,泪水涔涔;以及被囚禁于海中古堡的女子,这鸟声,让她在眺望烟波浩渺之际,肝肠寸断。

这位英年早逝的诗人,在苦苦追寻的字里行间,早已预见了温柔的死亡,那是莺歌,如招魂般,助他轻软飞抵;而另一边,这莺歌,也让他溯古求今,上下求索,如警醒之钟,力探现世的藩篱霾瘴。所以,这一场灵魂之旅,虽然在开篇时,是痛饮毒鸠之下,突临冥界的忘川之河,到结局时,当莺声消逝,已不仅仅如丧钟般让他回到现实,而是冥思苦想之后获得恍然顿悟。所以,当诗人说,再见,再见,我好像也听到了珍重,珍重。死的轻巧之外,还有生的愉悦。一时间死生难分,真伪莫辨。于我好像是再见了太平洋,再见了喜马拉雅;又好像是珍重,我爱,珍重,今生……

如果说蓝紫是一种招魂色,那让魂魄挣脱身体的,还有这些神鸟,比如乌鸫,比如夜莺。辛西娅·扎伦在她的一个诗歌系列里,反复写到乌鸫。说有一首古歌是这样唱的:要用十二只鸟,烤一张饼呈给国王。当他用刀叉切下烤饼之时,猛然见到了餐盘中众鸟惊飞的景象,众鸟纷纷扑过来要攻击他。所以诗人说,今夜明月浩荡,千万不要独自坐在苹果树下,因为你会不可救药地想到乌鸫们盘旋而下,即将啄瞎你眼睛的瞬间!

无独有偶,我今日碰巧听到一个人说,他于春天,在南方的一个原始森林里,突遇了一对神鸟翻飞纠缠,但很快消失在茫茫山色之中。我一看照片,青金色,或者就是一种蓝紫色!那闪光的羽翼,指向了一种纤尘不染的世外物种。就在目击的刹那,我的灵魂忽地又开始游弋了⋯⋯

当然,让我灵肉分离,魂飞魄散的不只有蓝紫色,不只有神鸟,还有明月。罗伯特·潘·沃伦,在一首名为《月之梦幻》的诗中,提到童年时的某夜突然醒来,发现月光如水,而家人在睡眠中发出轻重不一的呼吸:父亲的深切沉静;而母亲的犹如池中的莲花,摩挲之轻微,一如丝绸过水⋯⋯

而今他重回故居,同样月华如练。他不知道自己为何在此,又要去往何处。他寻思着,好像这月光正在做梦,他便可以顺着月华指点的一条道路走去,上山涧,至宛然流水之处,遥望儿时的白色房子,已经人去楼空,一片寂寥。奇妙的是,他觉得自己只不过是月光之梦的一个过客,不管多么真实,终将遥遥逝去,沦入虚空。可是他又说,这一切,一切生时的哀乐喜怒,因为如此真实,所以将永不腐朽!

说到月华,奥登在青年时作了一首小诗,开篇便是"这月色之美 / 断古绝今",虽然略显生涩,可在我眼中,一直觉得好,好得爱不释手。他在诗中,说到明月如梦,托住浩浩乾坤。又说天若有情天亦老,世间的情意哀愁,终不及明月那样长久恒常。

真是巧中加巧,我因为一直热爱花园这个隐喻,不久前也作了一首诗,营造了一个明月千里,冰轮皎皎的夜晚,一只猫头鹰从空中拂掠、哀鸣不绝的场景。刚好几年前的深夜,我在收听的电台广播里,听到一句话,叫作"猫头鹰请不要哭泣",所以就决定以此为题。诗中，我烦请这只神鸟不要哭泣，否则整个花园将被淹没，如大洪水，而园丁的一切辛劳，也将付之东流。

  我曾经听说，有一个人在明月之夜，睡不安稳，因为看到偌大一个院子里，空庭积水，忽然担心门外的庭院会消失。于是他起来，开门察看了一遍，发现院子还在，就回去躺下；可是没过多久，又担心院子会不见了，又起来出去察看……如此反复。今天我忽然想到，换作我，就会在院子里，遍地手植蓝紫的花木。午夜过后，这种颜色，必定将我招魂而去，而此时神鸟呼唤，明月无疆，我的灵魂，必将遨游翩翩，纵使不是无穷境界，也必有大彻大悟的瞬间！所以便不会有夜不能寐，辗转反侧的忧愁。

2017 年 4 月

禁欲的颜色

如果世上万物都有颜色,那禁欲又是什么颜色?

一个词也应该有颜色。存在于人心中的事物,一件一件,都应该拥有颜色。只不过,这些事物的颜色,会经常游移。

比如禁欲,她觉得应该是一种白。不是纯粹的白色,而是混合了一点其他冷色的白。就是在一个白雪覆盖的湖水里,掺入一点绿叶的汁液,或者苔藻腐烂后的剩余,或者海蓝色的石英碾成的粉末,或者把紫色的花草用石头捣碎加入……这种模糊的浅白色,会经常游移,从白绿色,到白蓝色,到白紫色,飘忽不定。

所以禁欲的人最好是居住在一个湖边。她虽然也住在一座城里,却把这座城,看成是一个纸板盒搭成的模型,所以并不妨碍她一再地,让自己意念到达远方的那个湖泊。

怎样的湖,最贴近禁欲?她觉得应该在北半球。她极力用她能初步认知的景物,去比拟她想象的云天水外的湖。这个湖应该在冰岛,或者接近北极圈的地方。那里冬天很漫长,到处是一派冰雪聪明的自然景观。地表被火山灰覆盖,而植物会沉下心来,努力贴着冻土生长;慢慢摸索,向下寻找温暖,而不是向上——因为阳光很微弱,很短暂,很不好保存。

所以那里的动物,都很敬重自己的皮毛,知道要用修养和克制,保护自己的外化之物。比如北极狼,北极狐,都不愿意习得快速奔跑的动作;相反地,它们采用一种中速行进。这种沉稳,实际上是它们妥当处理欲望的结局。

还有鲸鱼，在远处的冰山那里，露出头部来吐气，也是极尽小心翼翼。还有海豹，偶尔也在水面光临出没。它们尽量把欲望控制在海平面以下，尽量不让事物把它们淹没。如果要沉入海底，它们也是精心策划，鼓足勇气，一点点潜入，并做好销声匿迹的打算，而不是像一条船只，在汹涌的海面上遭遇了情感的风暴，并在瞬间被电光石火颠覆。

　　然后极光莅临。太好了，她想，一种像从磨砂的节能灯泡里发出的光源，总是模糊的，浅淡的，混合了多种元素。最关键的是，它克制得无比完美，像古代的数学家所说的那种黄金比例，或者像古代的哲学家所言的，那种一直存在于人心中的极致物象。

　　这时候她最好住在湖边的一座木屋里，炉火要寒冷，但只要不把人冻死就可以，只要让她有力气写完一个故事就可以。

　　"你是以爱的名义，书写缺失。"她愿意把这个句子作为结局。

　　…………

2016 年 12 月 7 日

后记

收在这个集子里的文字，大部分写于五六年前。在蛰居长达二十年之后，当时的我突生一个欲望：重新回到人界，重新开始书写。现在看来，这个想法是坚实可行的。在接下来的几年里，我像飞蛾扑向火焰，这巨大的热情，不完全是出于一意孤行，而是基于一种信仰：作为生物的自己被创造出来，必有一项使命在身；在我自然的个体将被淹没之际，试图作出精神上的回响，为了不辜负造物对我的情义。这个欲求，也是对其他存在之物的呼应：渴望以文字之力，回击时间之虚无的重压。

说到时间，在我已然挥霍的几十年里，有幸见证中国电气化四十年、数字化二十年的进程。在现代化的险途上，所见与所闻，是惊喜的尖叫，抑或是悲伤的呼唤。如今回想，或许皆与欲望有关：物质匮乏的时代，是对物质的疯狂妄想；物质过剩的时代，是对精神的丰饶畅想。从始至终，是一条基于欲求、有求必苦的道路。而"禁欲"一词，总是对爱欲的博弈，它在我的眼中，有着深广的隐喻含义。

写文著字,本是一件严肃的事情。可对我来说,做一件事情,如同看书,偷着做才觉得有趣,专门来做,便觉得苦恼。少年时有课业,躲在图书馆读闲书,可谓天昏地暗;大学时学英文,每日里中文书不离手;现在呢,按理应从事英文职业,偏又写起中文来了。归纳自己这几十年,多是在荒废中度过的:总是半心半意,不能长情地、专情地对待一件事。但是回顾这半生,如果说有件事一直不能放下,那便是写字。所以,在盛年之后,我又开始面对青年时的妄想。还好,常以诗人史蒂文斯自勉,年亦晚矣,可是投以热忱,说不定有所收获。但是写字犹如翻译,不译出来还好,尚觉得有无数种阐释的可能;待到译出来,便是百般不如意,追悔莫及。

　　说到诗歌与翻译,其实有共通之处,都是求索一种恰到好处、难以言状的感觉。过去几年,我重新开始写诗,就像从未写过诗一样。这种想法,也是前面几年写散文的愿景:重新构筑散文之"散"的含义,散在不拘一格,散在莫衷一是。但愿我的试验,能够给延绵不绝的文字之河,投入一些石头,尽管从时间的坐标上看去,或许根本没有激起任何波澜。可是人心总是美好的,没有这些念想,我们何以克服重重险阻,一日日生活下去?

　　可是对诗歌的欲求,也让我中断了散文的书写,就像爱一个人,必须一心一意,才算是完美的演绎。于是几年来忙于做公众平台,企图对内译介外国诗歌;后来机缘巧合,开始与人合译中国当代诗歌,试图对外传播中国文字。所以我认为自己是有宿命的:我被多个不同身份的我同时爱着;而同时爱那几个我,似乎又是不可能的，除非是在平行宇宙里。因为生亦苦短，精力有限，我更能感受到时间的桎梏，而"我"的定义越发变得扑朔迷离，不过这也符合我给自己起的名字，不只是"觉今是而昨非"，而是"'绝'今是而昨非"，可谓一语成谶。

所以这个集子是我的第一部散文集，也可能是最后一部。千万种旖旎也罢，万千种萧索也好，化诸文字，却只有薄薄的一册。不是所有的事情都可以诉于言语，但诉于言语的，或可窥见一点蛛丝马迹。对于这样的结局，就像我多舛的命运，就像我羞愧的气质，自认为是由不可抗力所致，所以并没有不喜欢。

感谢闻中在百忙中写了序言，他甚至发动友人，觅到了我早年的一篇旧文。区区小文，历三十年尘土得以重现，文中的那种喜悦与自在，是今日的自己万难企及的。时间线上的一个我，与另一个我意外重逢，竟如陌生人那样，陷入了莫名的爱恋。时间带来了弥合，也带来了救赎。

另外感谢阿乙、陈先发、朱朱、黑陶诸君，对我青眼相加，写了封面荐语。我与他们多是素昧平生，因为文字的缘故，惺惺相惜。这也是汉字的奇诡之处：我们共在它的星空下，为之蛊惑，可仍指望它提供一次想象的飞行，使我们脱离时间的重力，最终变得轻盈。

昨非

2023 年 5 月 4 日写于京西